La asombrosa historia del Viajero de las Estrellas

La asombrosa historia del Viajero de las Estrellas

Jordi Sierra i Fabra

Ilustraciones de Daniel López

GRUPO
EDITORIAL
norma

http://www.librerianorma.com
Bogotá, Barcelona, Buenos Aires, Caracas,
Guatemala, Lima, México, Miami, Panamá,
Quito, San José, San Juan, San Salvador,
Santiago de Chile, Santo Domingo.

Sierra i Fabra, Jordi, 1947-
    La asombrosa historia del Viajero de las Estrellas / Jordi Sierra
i Fabra; ilustraciones de Daniel López. — Editorial Norma, 2002.
    112 p. : il. ; 18,7 cm. — (Colección torre de papel. Torre amarilla)
    A partir de 11 años en adelante.
    ISBN 958-04-6872-9

    1. Novela juvenil española 2. Piratas - Novela juvenil 3. Novela de
aventuras 4. España - Historia - Siglo XVIII - Novela juvenil I. López,
Daniel, il. II. Tít. III. Serie
I863.6 cd 19 ed.
AHL4217

            CEP-Banco de la República-Biblioteca Luis-Angel Arango

Impreso por Editorial Buena Semilla
Impreso en Colombia- *Printed in Colombia*
Marzo, 2017

Edición: Cristina Puerta
Diagramación y armada: Blanca Villalba P.

C.C. 11663
ISBN 958-04-6872-9

Contenido

Escena Primera

Así se inició el juicio del muy inquietante hombre que dijo llamarse don Diego de Serrahima Valor y Cifuentes.

La voz del ujier los apremió imperiosamente:

—¡En pie! ¡Dios salve al Honorable Juez don Pedro del Páramo y Pastor!

Los presentes en la sala de vistas se alzaron. Los de las filas más alejadas, curiosos, no esperaron siquiera a sentarse de nuevo para atisbar la imponente figura del magistrado cuya fama precedía sus más nobles empeños. Estiraron sus cabezas por encima de los demás, sin sentirse defraudados en lo más mínimo. Los de las filas delanteras no fueron menos. Hubo quien contuvo la respiración.

Se había hablado tanto de aquel apresamiento, del juicio y de los tres cautivos que, casi con toda seguridad, serían condenados a la pena máxima...

Don Pedro del Páramo y Pastor era un hombre alto, enjuto, de recia figura y porte galante. Su barba era parda, su bigote, arremolinado en dos extremas puntas, tan noble como gallardo. Sólo el frondoso cabello, a la altura de los hombros, denotaba la enjundia de los años con un tono de gris solemnidad que lo hacía todavía más egregio.

Él ni siquiera los miró.

Ocupó su asiento, la butaca de cuero repujado que dominaba el estrado, y esperó a que el ujier conminara a los presentes a sentarse de nuevo.

—¡Que Dios bendiga este Tribunal!

El rumor fue hosco, grave. Sonido de posaderas recuperando la horizontalidad y de jubones rozando la madera de los bancos, algunos suspiros y escasos comentarios. El silencio fue inmediato.

Don Pedro del Páramo y Pastor tomó la palabra.

—Procédase.

Un segundo ujier se puso entonces en pie.

—Se presentan ante la corte tres execrables piratas apresados en los restos de la goleta *La pérfida*, hundida por los navíos de Su Majestad en el día noveno del séptimo mes del Año de Gracia de 1700, y únicos supervivientes de su triste destino. Como es de todos sabido, *La pérfida* ha sido durante mucho tiempo, demasiado, el azote de la flota imperial española. Ha hundido no menos de dos docenas de barcos, ha saqueado sus sentinas y bodegas, ha pedido rescate por ilustres prohombres a los que ha humillado, y ha sembrado el dolor y el miedo por las rutas comerciales de la Corona. Este Tribunal se dispone ahora a ejercer justicia, por la Gracia de Dios.

Todos los presentes, honorable juez incluido, miraron en dirección a los tres acusados.

Dos de ellos eran hombres rudos, toscos, de aspecto patán, cara roja, cuerpo tachonado de cicatrices. Uno llevaba un parche en el ojo derecho. Otro sólo tenía dos dedos en la mano izquierda. Sonreían con desafío, y aun con sus cadenas, eran temibles. Hombres de mar habituados a la aventura. El tercero, sin embargo, era distinto.

Delgado, de porte veladamente noble, rasgos delicados, ojos limpios.

Extraño.

—Póngase en pie el primer acusado —pidió el juez.

Se levantó el hombre del parche en el ojo.

—¿Cuál es su nombre?

—Peter van Hoek, aunque todos me llaman Unojo.

Bastó que mirara con ese único ojo a los

presentes, para que todos sintieran un estremecimiento en sus espinas dorsales y se echaran para atrás.

—¿Tiene algo que alegar en su defensa, antes de que este Tribunal dicte justicia? —solicitó don Pedro.

Su tono fue desafiante.

—He tenido una buena vida, así que, puesto que de algo hay que morir, y todos hemos de hacerlo alguna vez, no me importa enfrentarme a la hora final —hinchó su enorme pecho, suspiró con orgullo y agregó—: Sí, he cometido más fechorías de las que puede acusárseme, pero no me importa. No he matado a nadie que no mereciera morir, ni he amado a mujer que no me amara a mí, ni he bebido ron que no pudiera beber. ¿Queréis colgarme? ¡Pues sea! No pediré perdón ni clemencia. He tenido una existencia colmada de aventuras y la he disfrutado.

El silencio, en la sala, podía cortarse con un cuchillo, pues así de denso era.

Don Pedro del Páramo y Pastor no se inmutó por el tono de voz y el desprecio del pirata.

—Peter van Hoek, también conocido por Unojo, este Tribunal le condena a morir en la horca al amanecer, tras lo cual su cadáver será arrojado a los tiburones, pues sus crímenes le impiden descansar en tierra de gentilhombres. ¡Que Dios tenga piedad de su alma!

—¡Sea! —fue la respuesta del pirata antes de volver a sentarse.

El honorable juez miró al segundo acusado, el que sólo tenía dos dedos en la mano izquierda. No hizo falta que pronunciara la orden porque se puso en pie sin esperarla.

—¿Cual es su nombre?

—Ruud Hemerich, aunque todos me llaman Dosdedos —miró su mano izquierda y aclaró—: Bueno, antes me llamaban Tresdedos, y mucho antes Cuatrodedos, y...

—¡Silencio! —gritó el ujier.

El acusado parecía muy contento.

—Oh, disculpe vuesamerced.

Hizo reír a los presentes. El honorable juez les lanzó una mirada admonitoria y todos volvieron a quedarse muy serios. Tras ello, continuó centrando su atención en el pirata.

—¿Tiene algo que alegar en su defensa, antes de que este Tribunal dicte justicia? —repitió la pregunta formulada al primer acusado.

—¿Yo? —se encogió de hombros Dosdedos—. Al igual que mi compañero Unojo, he vivido una buena vida, y si un hombre ha tenido una buena vida, no hay mala muerte que la concluya. He recorrido los Siete Mares, he visto cosas que ninguno de los presentes imagina, he sido libre; el viento, el sol y el agua me han azotado el rostro. Si Dios me hizo fuerte, ¿por qué debería de renunciar a ello?

—¡Blasfemo! —se atrevió a gritar una voz.

—¡Orden en la sala! —pidió don Pedro.

Dosdedos mantenía su sonrisa de seguridad y desprecio.

—Ruud Hemerich, también conocido por Dosdedos, este Tribunal le condena a morir en la horca al amanecer, tras lo cual su cadáver será arrojado a los tiburones, pues sus crímenes le impiden descansar en tierra de gentilhombres. ¡Que Dios tenga piedad de su alma!

—¡No hay mejor tumba para mí! —tronó la voz de Dosdedos en una carcajada—. ¡Gracias, señor!

Se sentó y todos dirigieron sus miradas al tercer acusado, el extraño hombre delgado, de porte veladamente noble, rasgos delicados y ojos limpios. Vestía tan mal como los otros dos, sucio por el naufragio y la estancia en prisión, y llevaba una cerrada barba de varios días, pero al ponerse en pie, lo hizo con tal elegancia y delicadeza que, más de una dama, y de dos, le observaron con absorta curiosidad. Era un pirata, pero... no parecía un pirata.

—¿Cuál es su nombre? —repitió por tercera vez la pregunta el honorable juez.

—Don Diego de Serrahima Valor y Cifuentes.

Su voz era clara, suave.

—¿Sois español?

—Tanto como pueda serlo vuestra ilustrísima señoría.

—Entonces vuestro crimen es más execrable —el tono de voz de don Pedro se hizo más duro—, pues habéis luchado en una embarcación pirata extranjera que ha sido una constante sangría para seres humanos de vuestra misma sangre española.

—Señor, soy inocente.

Se levantó un murmullo en la sala. Las palabras del acusado fueron tan inesperadas, que don Pedro ni siquiera ordenó que se hiciera el silencio.

—¿Inocente, habéis dicho?

—Así es, mi señor.

Unojo y Dosdedos demostraron lo que les parecía la declaración de su compañero. Uno escupió al suelo con fuerza. Otro hizo chasquear la lengua.

—¿Erais acaso prisionero de la goleta *La pérfida*?

—Señor, mi historia es más asombrosa de lo que podáis imaginar, tan y tan extraordinaria que... ni siquiera puedo contárosla, pues de hacerlo no querríais escucharla, y de escucharla no querríais creerla. Es más, yo mismo, cautivo de ella y hechizado por su influjo, comprendiendo que he vivido lo que ningún otro ser humano ha tenido la suerte de vivir, no deseo en modo alguno que se pierda más allá de estas egregias paredes para caer en el olvido o la leyenda con el paso de los años. Sería mi deseo escribirla, para que vuestros ojos la conocieran y, después, quedara en los anales de la razón, fuere cual fuere vuestra sentencia.

Hablaba con fina y matizada retórica, con la cabeza en alto, la barbilla proyectada hacia adelante en señal de nobleza, moviendo con elegancia las manos a pesar de los grilletes y las cadenas. Procedía de una alta cuna, era evidente. O tal vez fuese un actor. O el peor de los farsantes.

Todos los presentes, sin embargo, estaban ahora pendientes de sus cautivadoras palabras.

—¿Cómo esperáis escribir vuestra historia, si estoy presto a dictar sentencia inmediatamente? —tronó la voz del honorable juez, tan impresionado como el resto de los asistentes por la delicada oratoria del acusado, aunque sin caer en la trampa de su influjo.

—Señor, excelencia —continuó don Diego de Serrahima Valor y Cifuentes, según se había llamado él mismo—. Todo condenado, pues sé que está en vuestro ánimo llevarme a la misma horca que a estos dos desgraciados —tuvo que apartarse porque los "dos desgraciados" hicieron acto de querer saltarle encima—, tiene derecho a una última voluntad. ¿Acaso vais a negármela?

—¿Les proporcionasteis vosotros una última voluntad a vuestras víctimas? —preguntó contundente don Pedro.

—¡Tenemos un código del honor! —rezongó Unojo.

—¿Creéis que somos animales? —protestó Dosdedos.

—¡Silencio! —los conminó don Pedro. Y volvió a enfrentarse al singular prisionero—. ¿Cual sería vuestra última voluntad?

—Tres días, mi señor. Tres días de tiempo para, encerrado en mi celda, escribir mi historia. Sólo eso. Si después de leerla, lo consideráis oportuno, colgadme del palo más alto de vuestro navío real o de la torre de las enseñas de la fortaleza. Pero de esta forma, cuanto menos, esa historia quedará en este mundo tal y cual yo la narre. Si vos me colgáis, por no creerla, lo entenderé. Pero tal vez un día, en el futuro, cuando el ser humano haya progresado tanto como sé que progresará, mi nombre será reivindicado, y tanto yo como mi relato seremos inmortales —don Diego llenó sus pulmones de aire tras el énfasis apasionado aunque siempre elegante de su larga parrafada. Tras ello, no miró al honorable juez, sino a los asistentes al juicio, e inquirió decidido—: Esto es lo que os pido apelando a vuestra benevolencia. ¿Qué decís?

Hubo una ligera pausa. Muy breve.

Las palabras del detenido flotaban como una efervescencia embriagadora por el aire de la sala. Su firmeza y su dulzura impregnaban a los presentes

—¡Sí, sí, tiene derecho! —se escuchó una voz femenina.

—¡Tres días! —pidió una masculina.

—¿Y si es inocente? —se preguntó otra femenina.

Hubo un murmullo de aprobaciones. El desprecio y la repulsa que motivaban los dos primeros piratas se había trocado en amabilidad y condescendencia en honor del tercero. El mismo don Pedro se dio cuenta de que aquel hombre había despertado toda su curiosidad.

Nunca, en sus muchos años como juez de la Corona, se había encontrado con algo parecido. Y mucho menos con un hombre tan singular como aquel.

Aunque tal vez sólo fuese un hechizante parlanchín.

—Tenéis derecho a una última voluntad, es cierto —asintió el honorable juez—, y no por lo insólito de vuestra petición este Tribunal dejará de ser menos justo, al contrario, ya que en su recto proceder, la búsqueda de la verdad es la única e incuestionable meta que se propone. Así pues... —consideró por un solo momento más su decisión y la pronunció con toda la pompa que le confería su cargo—: Tenéis tres días para escribir vuestra historia como deseáis y...

Hubo una salva de aplausos, rápidamente detenidos antes de que don Pedro levantara su martillito de madera y pidiera silencio.

—Este Tribunal —dijo el honorable juez, recuperada la calma y poniendo fin a la sesión—, suspende la vista de esta causa por espacio de tres días, y aplaza la ejecución de los dos condenados a muerte, pues no es de menester hacer llamar al verdugo dos veces —miró al ujier y concluyó—: Conducid al acusado don Diego de Serrahima Valor y Cifuentes a una celda con luz suficiente, una mesa y una silla, y que no le falten papel, tinta y plumas con las que redactar esa tan singular historia. ¡He dicho!

Y entonces sí, golpeó la mesa con su martillo de madera, se levantó revestido de dignidad, y se retiró del tribunal mientras el ujier gritaba rápidamente:

—¡En pie!

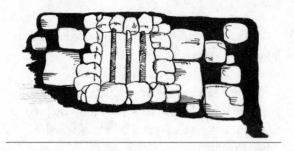

Escena Segunda

*Así fue llevado a su nueva celda don
Diego de Serrahima Valor y Cifuentes,
y se le proporcionó cuanto necesitaba
para escribir su historia.*

Era una celda soleada, pues el sol entraba a raudales por la ventana enrejada. Una celda muy distinta a la que había ocupado en las últimas jornadas, tras su apresamiento por parte de la Real Marina Española. Sin duda debía ser la celda de las personas nobles acusadas de algún delito en la ciudadela, o de los malvados que, por su condición especial, merecieran un mejor trato de la Corte Suprema.

En ella había un jergón, una mesa, una silla.

—Te traeremos el papel, la tinta y las plumas inmediatamente —le dijo el carcelero.

—Bien —suspiró don Diego de Serrahima Valor y Cifuentes.

—Pero no te servirá de nada.

Se enfrentó a sus ojos oscuros, implacables. No halló en ellos el menor vestigio de piedad. Sólo una densa carga de animadversión y... odio. Era mucho más alto que él. Y fuerte. Le habría podido aplastar de un manotazo.

—¿Qué os he hecho yo? —preguntó inseguro.

—¿Qué os he hecho yo? ¿Qué os he hecho yo? —se burló de su voz correcta y su tratamiento distinguido—. ¡Hace años *La pérfida* hundió un galeón en el que viajaban mis padres, que venían a estas islas a reunirse conmigo desde España, de donde salí en busca de aventuras cuando era muy joven! ¡Murieron, y quién sabe si los mataste tú, villano! Nunca podréis pagar el daño que habéis hecho a las gentes del archipiélago, por más que me hayan dicho que vuestras elegantes maneras y vuestra fácil palabra han seducido a los asistentes al juicio.

—Yo...

—¡Bah, cállate! —le despreció dándole la espalda—. No vas a encontrar en mí la menor piedad, ni tampoco favor alguno. ¡He de ver tu muerte, y después he de escupir en el agua, allá donde seas arrojado para que se te coman los tiburones! ¡No eres más que un sucio, apestoso y perverso pirata!

Don Diego no dijo nada.

Parecía triste.

Se cerró la puerta, de golpe, con un sordo gemido de goznes herrumbrosos y el choque brutal de la madera contra su marco, y se quedó solo.

Tres días.

Se acercó a la ventana y miró por ella sujetándose a los barrotes. A la izquierda, se veía parte de la ciudadela, la fortaleza con los cañones apuntando al mar y la muy noble enseña de la bandera española coronándola en el mástil más alto. A la derecha y en frente, el mar, apacible, muy tranquilo en aquel soleado día lleno de calor.

Un mar que ocultaba secretos.

Lo extraordinario convertido en realidad.

Aunque él y sólo él conociera la verdad.

Volvió a abrirse la puerta. Giró la cabeza y vio al mismo ujier del Tribunal cargando con lo solicitado ante la audiencia. Un pliego de papel de casi un dedo de grosor, un tintero muy grande y media docena de bellas plumas de cisne. Lo depositó encima de la mesa y una vez liberado de su carga se enfrentó al prisionero.

—¿Necesitáis algo más?

—Sí.

—¿Qué es?

—¿Sería posible lavarme y afeitarme, así como disponer de ropa limpia? No estoy acostumbrado a esta suciedad.

El hombre lo contempló sin dar muestras de asombro por su petición ni odio por considerarle un bellaco.

—Sois extraño —reveló.

—¿Yo? No lo creáis así.

—He estado en ese tribunal muchos años, y nunca he visto a don Pedro hacer algo como lo que ha hecho hoy.

—Quizás porque es un juez justo y amante de la verdad.

—Vos íbais en esa goleta, y no erais un prisionero de ella, pues si lo hubieses sido, habríais muerto al hundirse, encerrado en su sentina. Los piratas sólo mantienen con vida a aquellos por los que pueden pedir un rescate. Siendo así, erais uno de ellos, no hay duda.

Don Diego no respondió.

—De acuerdo —asintió el ujier—. Sé que no es a mí a quien debéis dar explicaciones —señaló los utensilios para la escritura y preguntó—: ¿Vais a trabajar ya?

—No, dedicaré el resto del día a recordar mi asombrosa experiencia y la noche a descansar. Mañana al amanecer daré comienzo a la redacción de mi historia.

—A fe mía que creo que sois un embaucador que sólo queréis ganarle un poco de tiempo a la muerte, aunque yo mismo, en el tribunal, reconozco haber quedado tan prendado como los demás de vuestras palabras.

—Siento que penséis así.

—Quedad con Dios.

El ujier regresó a la puerta.

—Mi petición...

—Será atendida. Descuidad. En unos minutos enviaré a un barbero para que os afeite y a un ayudante con unas calzas y un jubón que podáis llevar estos tres días. Pero al cuarto, vestiréis de nuevo vuestras ropas y os enfrentaréis a la muerte, pues no tengo la menor duda de que don Pedro hará justicia.

Una vez pronunciadas estas palabras, abandonó la celda dejándolo solo.

Escena Tercera
Así fue como don Diego de Serrahima Valor y Cifuentes inició el relato de su historia en la mañana del Primer Día.

Mi nombre es Diego de Serrahima Valor y Cifuentes, hijo del buen artesano y orfebre don Gabriel de Serrahima y de la muy noble doncella que fue de joven doña Mercedes Valor y Cifuentes. No sé exactamente cómo relatar los asombrosos sucesos que me han llevado hasta aquí, presto ante la muerte en una celda de la ciudadela de Luzón, en estas muy bellas Islas Filipinas. Me gustaría que mis palabras estuvieran revestidas del poder de la convicción y la persuasión, pues sé que la honestidad y la verdad solas no han de bastar para convencer a los incrédulos. Me gustaría que de mi memoria pudieran extraerse las imágenes que han de acompañar mi relato y la odisea de mi vida, ya que sólo ellas dejarían constancia de que cuanto me dispongo a escribir ha sucedido y es cierto. Me gustaría que los hombres y mujeres que van a reírse estúpidamente con mis palabras se aventuraran a la búsqueda de los prodigios y las maravillas que hallarán en ellas.

Es cuanto me gustaría.

No soy más que un hombre. Puede que otros hombres hayan vivido experiencias por los mismos vericuetos en los que yo me he movido durante este tiempo, y han muerto sin hablar, o han callado temerosos de que fueran tomados por locos. Siempre que algo que no entendemos ha surgido en el horizonte de la existencia, lo hemos rechazado, anatemizado, ridiculizado. El miedo nos impide saber. El temor no nos deja abrir los ojos. Nuestra pobre condición humana nos ata las manos, y la imaginación, convirtiéndonos en islas atrapadas por una marea constante que no nos deja viajar más allá del horizonte. En la historia, se ha matado a hombres que un día dijeron que la Tierra no era el centro del universo, sino un planeta que giraba en torno al sol. En la historia, también se creía antaño que la Tierra era plana. En la historia...

De no haber sido por locos que creyeron en algo, que supieron ver la verdad, o que no se arredraron ante las burlas de sus semejantes, estaríamos anclados en la edad de piedra.

No, yo no fui un visionario como Colón, ni un científico como Galileo, ni un poeta invadido de luces celestiales capaz de componer una Ilíada llena de leyendas.

Pero cuanto voy a relatar aquí es la verdad.

Lo juro por Dios.

Lo juro por mi vida, que es todo cuanto tengo y cuanto daré si no soy creído. O aunque lo sea.

Hace años nací en la muy imperial villa de Tarraco. No tuve hermanos ni hermanas. Mis padres consagraron en mí sus generosas energías y amores, dándome una educación y esperando que yo les correspondiera con la solidez de un futuro cargado de responsabilidades. Mas yo, por extraños hados o por meros accidentes, no fui como mis progenitores esperaban que fuese. Ya en la niñez, rehuí tanto los sinceros consejos paternos, carentes de una real motivación para mí, como también las directrices piadosas y rectas de mi señora madre. Él anhelaba que yo siguiese sus pasos y tomase su oficio, distinguido y preclaro. Ella suspiraba por más altos empeños, y puesto que la Iglesia no entraba en mi juvenil ímpetu, dirigió sus constancias al único objeto de que contrayera nupcias con la hermosa Clotilde de San Blas y Prieto, dama de rancio abolengo y preclaro linaje donde las hubiese.

El oficio de mi padre, si bien respetado y tenido en cuenta entre las mejores familias de la ciudad, le parecía aburrido a mi buen juicio, pues yo repudiaba toda vida sedentaria, por artística que fuese, en aras de una libertad que me llevase a lejanas tierras. En efecto, yo soñaba con vivir aventuras extraordinarias, y con viajar por este gran mundo que nuestro Dios, en su infinita bondad, ha dispuesto enorme y maravilloso para que sus hijos lo gocen. En cuanto a los deseos de mi madre... por hermosa que fuese la bella Clotilde, sin menoscabo de su inteligencia y aptitudes en todas las fuentes del saber humano, me resistí a caer en sus brazos cuando comprendí que en ellos no hallaría más que otra cárcel peor que la de la rutina a la que quería llevarme mi señor padre. Clotilde, presta al casamiento, lo estaba aun más para la maternidad, dispuesta a superar el número de alumbramientos de su señora madre, que ascendían a trece por entonces. Yo anhelaba una paternidad responsable y en su justo momento, en un futuro aún lejano.

Abrumado por las inmediatas perspectivas en torno a mi vida, y sin esperar mejores nuevas que me aliviaran de las ya sabidas, tomé la decisión de huir de mi hogar y hacer míos definitivamente los sueños de mi esforzado espíritu. Por ellos, guiado e impulsado por mi febril ansiedad y aun más por mis irreductibles deseos de libertad, a la edad de catorce años embarqué de grumete en el navío *Santa Bernarda*, un mercante cuyo primer destino eran las Indias Orientales, al otro lado del mundo conocido.

Allí, en el *Santa Bernarda*, el buen Dios fue generoso conmigo. Aquel primer año de libertad, de dura vida marinera, de formación, de aprendizaje, transformó mi ánimo y me curtió como ser humano y como persona. ¡Qué hermosa vida! ¡Cuán ingentes maravillas poblando nuestro mundo! ¡Qué placer ver alumbrar el sol cada mañana, sentir la brisa en el rostro, asistir al renovado milagro de la supervivencia enfrentada a los elementos! Vi islas remotas, pisé tierras desconocidas, amé a muchachas de pieles oscuras cien veces más bellas que la bella Clotilde, comí manjares que tal vez fuesen inquietantes para los privilegiados paladares de nuestro pequeño universo occidental, bebí como un hombre entre los hombres, comercié, peleé, reí. En cada puerto se abrían puertas ignotas. Con cada nuevo amigo conocía más y más la naturaleza humana. Con cada nuevo amor mi corazón se henchía de gozo y vibraba tañido por la mejor de la músicas. ¡Oh, Dios, cuán estremecedora es la libertad en la juventud si se tiene el alma por bandera y el valor por vela!

Fue aquel, sin dudarlo, el mejor tiempo de mi corta existencia. A ese primer destino en la *Santa Bernarda*, sucedió un segundo en el *Grandioso*, y un tercero en el *Huracán*. Tres años transcurrieron sin apenas darme cuenta, y en ellos, aquel grumete se hizo marino, aquel niño se hizo adulto. Dispuesto a regresar a casa, sólo para tranquilizar a mis padres antes de reemprender mis aventuras, me embarqué en un nuevo mercante de nombre *Poderoso* que navegaba rumbo a España. Nombre sin duda artificioso y nada exacto, pues a los pocos días, y en plena travesía, fue azotado por una tormenta que lo desarmó de arriba abajo, convirtiéndolo en una vulgar cáscara de nuez en mitad del océano. Fue un milagro que no nos hundiéramos prestos.

Cesada la tempestad, desguarnecidos, sin velas, flotando a merced de los elementos, llegó el definitivo golpe de gracia de nuestro traidor destino. Al tercer día avistamos una vela en el horizonte, mas ¡ah perdición!, no era una vela amiga, sino un barco que sólo buscaba nuestra postrera derrota. Lo comprendimos al ver la enseña pirata en su mástil.

Y se trataba, nada más y nada menos, que de *El temible*.

El barco del malvado y legendario Sopaboba.

Los piratas del cruel Sopaboba —el pobre diablo no tenía dientes debido a una dura pelea, y sólo podía ingerir alimentos líquidos—, no tuvieron la menor resistencia en su ataque. Nos asaltaron, mataron a la tripulación, se quedaron con las mercancías, y después hundieron el *Poderoso* en las aguas que serán su tumba eterna. Cualquier mente bien pensante se preguntará por qué yo sobreviví. Pues de nuevo el buen Dios acudió en mi ayuda, ya que de lo contrario, habría acabado en el fondo del mar junto al resto de aquellos hombres.

Me hallaba bajo el garfio de uno de los lugar-tenientes de Sopaboba, dispuesto a ser atravesado por su espada, cuando el propio capitán lo detuvo. Yo era el más joven de la tripulación de mi buque. Habría sido todavía grumete en otra embarcación. Ni siquiera tenía aún la barba de un hombre hecho y derecho pese a serlo ya por mi experiencia. Pero no fue piedad lo que impulsó a Sopaboba a detener mi muerte.

—¡Hijo! —gritó mirándome fijamente—. ¡Por todas las estrellas! ¡Qué gran día es hoy que el destino te devuelve a mi seno!

—¿Cómo... decís..., señor? —balbuceé yo.

—¡Ah, qué terribles avatares habrán acontecido en tu vida desde que te arrebataron de mi lado! ¡Yo mismo quedo asombrado de tanta suerte! ¡Pero eres igual, idéntico, a tu hermosísima madre, mi dama! ¡Por ella te he reconocido! —y levantando la cabeza y las manos al cielo, el pirata, convertido ahora en lo más parecido a un poeta, exclamó—: ¡Me devuelves lo más sagrado, Leonor! ¡Es un mensaje celestial! ¡Gracias!

Y dicho esto Sopaboba me abrazó con tal fuerza que casi me rompió las costillas, tal era su agrado hacia mí y su fervor.

No entendí sus palabras, pero me sometí a ellas, inteligentemente dispuesto a lo que fuera con tal de salvar mi vida, que era evidente que acababa de ser salvada por un extraño azar. Resultó ser que el capitán Sopaboba, años ha, en sus tiempos mozos, había tenido un descendiente con una dama de alta alcurnia y prosapia, nobles entre las nobles en La Española. Por su condición de pirata, el romance no concluyó como en las historias que cuentan las amas a los niños en las noches de luna llena. Perseguido y obligado, Sopaboba tuvo que dejar a su joven amante y a su hijo recién nacido con la promesa de un futuro reencuentro que ya no se produjo. Por muy pirata que fuese, él, que en el mar era un cruel y despiadado bárbaro, se había enamorado dulce y tiernamente de su amada dama. Cuando por fin pudo regresar a La Española, habían pasado tres largos años, y en ese tiempo, su adorada había cruzado el umbral de la muerte a causa de una fatal enfermedad. Su hijo, al cuidado de sus abuelos, estaba ya en España, muy lejos de las rutas por las que se movía su padre.

Aquel día, Sopaboba vio en mí el dulce rostro de su amada, y creyó al punto que yo era su propio hijo.

Esa fue la razón de mi nueva vida.

Pirata. Hijo del capitán Sopaboba.

¿Cómo iba a decirle la verdad? ¿Cómo pedir mi propia muerte? Ni qué decir tiene que acepté toda la historia, y que, en una inspirada recuperación de memoria, aseguré que, en efecto, yo había nacido en La Española, que mi madre era doña Leonor del Castillo, y que en España, tras conocer la verdad de mi pasado, revelado por un criado que quiso mostrarme tanto su afecto como su encono hacia mi abuelo, había partido rumbo a lo desconocido para tratar de dar con mi padre. Sólo la tormenta y la lucha por la supervivencia habían nublado temporalmente mi razón.

—¡Lo sabía, lo sabía! —cantó el desmedido pirata—. ¡Ah, y pensar que pudieron haberte dado muerte mis propios hombres! ¡Haré que los cuelguen a todos del palo mayor!

—No hagáis tal cosa, mi buen padre —los defendí presto—, que son los mejores y los más valientes y dignos hombres con que podéis contar.

He de decir que muchos me agradecieron mi intervención, porque ya se veían colgados. Pero más lo hice por mí, ya que dudo que se hubieran dejado colgar sin más.

Aun así, sólo Sopaboba veía en mí las luces que aseguraba.

Uno de sus lugartenientes, el único que dudó de tantas casualidades, fue atravesado por su espada cuando se negó a reconocerme como nuevo brazo derecho del capitán. De tal guisa las gastaba el feroz pirata, mi supuesto y loco padre.

A los demás acabó dándoles igual quién

fuese yo, siempre y cuando luchara como un hombre, fuese leal y hubiera en el horizonte barcos que asaltar y ron que beber.

Mi supuesto padre, convencido de que yo era su hijo, y por encima de su ruin corazón de pirata, me dispensó todo el amor y las bendiciones que cualquier padre dispensaría a la sangre de su sangre. De hecho, tuve todo el afecto que cualquiera anhela, aunque fuese erróneo y equivocado. ¡Aquel hombre vandálico en la batalla era un padrazo en la paz!

Casi llegué a quererle de veras.

Casi, porque en la guerra seguía siendo el peor de los asesinos, despiadado, cruel, temible.

Desde aquel día, conocí una nueva existencia, abrumadora, gris, amarga, pues yo no era en modo alguno un pirata. Cuando asaltábamos un barco, gritaba y enarbolaba mi espada, llevaba un pañuelo rojo en la cabeza como distintivo, fingía matar a mis enemigos... mas nunca lo hice. Hundía mi espada en el vacío, o los hería en un brazo o una pierna si no había más remedio, y luego los arrojaba al agua con presteza, confiando en que se salvaran con las tablas del naufragio. Tuve suerte. Aprendí rápido. Nadie dudó de mí. Más aun: mi valor se empezó a hacer legendario. Me llamaban... ¡oh, Señor!, Pequeño Tiburón.

Pero yo rezaba al buen Dios para que me librara de aquella carga.

Y Dios, de nuevo, se apiadó de mí.

Escena Cuarta
Así fue como don Diego de Serrahima Valor y Cifuentes descansó a mitad del Primer Día para comer y recuperar sus maltrechas fuerzas.

Cuando el carcelero entró en la celda, el prisionero se hallaba en la ventana, mirando por ella hacia lo lejos.

—¿Así es como trabajas, mentecato? —le endilgó sin dar la menor muestra de conmiseración.

El acusado volvió la cabeza.

—He trabajado toda la mañana —dijo—. Mis ojos apenas si podían concentrarse ya en las palabras.

—¡Qué pérdida de tiempo, y qué desperdicio! —gruñó el hosco carcelero—. Mejor sería dar esta comida a los cerdos que verla perdida en tus negras entrañas.

Dejó sobre la mesa los dos cuencos, el de la masa y el del agua, justo al lado de las cuartillas pulcramente escritas con una perfecta letra de espléndida caligrafía. Para finalizar la entrega, sacó de debajo de la axila, donde la tenía sujeta, una hogaza de pan tierno. El hambre del prisionero se hizo notar en sus ojos, pero más aun en el cavernoso crujido de su estómago al ver la pitanza. Ni siquiera el lugar, sucio y grasiento, del que acababa de sacar la hogaza de pan el carcelero, le hizo menguar su avidez.

—El honorable juez ha preguntado qué hacías —le informó este.

—¿Y con qué motivo? —preguntó don Diego.

—Parece ansioso por empezar a leer tu historia. Esta noche enviará a por cuanto hayas redactado, con el objeto de adelantar su lectura.

—Preferiría que lo leyera todo tan buen punto la concluyera —dijo el prisionero.

—¿Te atreves a negarle a tu benefactor su derecho?

—No, no, en modo alguno.

—Pues no se hable más. Al ponerse el sol, el ujier vendrá a por eso —señaló las cuartillas escritas a mano—. ¡Si esa sarta de tonterías no es lo bastante buena como para evitarlo, puede que mañana a esta hora ya estés fiambre, truhán de los demonios!

Y como era habitual, le dio la espalda y salió de allí cerrando la puerta con un gran estrépito que remató al girar la llave en la cerradura.

Sus pasos aún no se habían alejado lo bastante cuando don Diego ya se había abalanzado sobre la mesa para ingerir los alimentos que debían prolongar su vida a lo largo de las siguientes horas.

En realidad, cuanto antes terminara la pitanza, antes continuaría el relato de los extraordinarios acontecimientos de su azarosa existencia.

Escena Quinta
*Así fue como don Diego de Serrahima
Valor y Cifuentes prosiguió el relato de
su historia en la tarde del Primer Día.*

Una tempestad diez, cien veces peor
que la que había dejado el *Poderoso* desguar-
necido y sin defensas ante el ataque pirata, se
encargó de barrer una lóbrega noche el barco
del capitán Sopaboba. Los rayos eran como
espadas celestes golpeando nuestros mástiles.
Las olas jugaban con nosotros como si fué-
ramos una brizna de hierba arrojada al mar.
El viento huracanado azotó tanto las velas
que acabó por desgarrarlas y reducirlas a jiro-
nes. Hicimos cuanto pudimos, pero fue inútil.
Cada hora que transcurría, éramos menos en
la cubierta. Las aguas nos llevaban uno a uno.
Casi al amanecer, no quedábamos en pie más

que media docena de hombres, incluidos el capitán y yo.

—¡Venceremos, hijo mío! —trataba de ser fuerte Sopaboba—. ¡Tú y yo juntos no podemos perder!

Entonces, el barco pirata, *El temible*, se partió en dos.

Vi desaparecer al hombre que se creía mi padre y a sus camaradas al otro lado, engullidos por las aguas arremolinadas y feroces. Yo quedé en la otra mitad, pero sabiendo que mi destino no sería mejor. Me encomendé a todos los cielos y dejé de luchar. Mi último pensamiento fue para mis verdaderos y ausentes pobres padres, que nunca sabrían ya de mí. Quería morir como un hombre.

La mitad del barco en la que yo seguía empezó a girar en la cresta de un gigantesco remolino. Era tan grande que en su diámetro debían caber no menos de cincuenta bajeles de gran tonelaje. A cada vuelta, los restos de *El temible* descendían más y más por la húmeda ladera de aquel embudo. Si amargo era mirar hacia arriba, por donde la claridad del nuevo día se apartaba de mí más allá de la tempestad, más duro y sobrecogedor era mirar hacia abajo, por donde lo más angosto del remolino se perdía rumbo a las profundidades marinas. Una sima atroz iba a llevarme directamente al fondo del océano.

No sé cuántas vueltas di. No sé cuánto tiempo duró aquella agonía. El centro del remolino, oscuro y negro, se acercaba más y más. En cualquier momento me abocaría por él, o se cerrarían las aguas por encima de mi cabeza sepultándome. Cuando finalmente las vueltas eran tan veloces que ya ni veía nada a causa de la oscuridad y el mareo, cerré los ojos.

Y caí hacia abajo.

No quise respirar para llevar aire a mis pulmones y sobrevivir unos segundos más. No quise luchar. ¿Cómo hacerlo? Esperaba un golpe que me apartara de la consciencia. Esperaba el agua atrapándome en su seno. Y sin embargo... nada, ni una gota de líquido en mi piel, ni el menor ahogo por falta de aire.

Caía, caía.

Aquella oscuridad...

Y caía más y más.

Hasta que de pronto...

Todo cesó.

El vértigo, el miedo, la incertidumbre, todo.

Abrí los ojos. Había luz. Miré a mi alrededor.

Y lo que vi...

Estaba en el fondo del mar, en su lecho de rocas y corales, pero no muerto, ni ahogado, sino vivo, ¡vivo!, y respirando, porque el fondo del mar... ¡estaba hueco!

¿Alguien puede creer milagro mayor? ¿Alguien, en su afán más loco, espera prodigio de tal magnitud? ¿Alguien hubiera imaginado que esos océanos y mares que nos envuelven, no son más que el techo líquido de un mundo desconocido y oculto allá abajo, de portentosa y sublime belleza? ¡Pues así es! ¡Así es! Bajo las aguas del mundo se extiende otro mundo. Y esas aguas que lo cubren, sostenidas por columnas así mismo de agua que se apoyan en el fondo marino, no son más que una frontera, tan inaccesible como la que nos separa de las estrellas, pero frontera al fin y al cabo. Es imposible pasar de un mundo a otro, porque son cientos de metros de líquido y ningún ser humano es capaz de descender por sí mismo, ni hay artilugio posible capaz de hacerlo. Por ello, no sabemos nada de cuanto hay allá abajo, ni allá abajo se sabe demasiado de lo que hay arriba, salvo por los barcos que se hunden de tanto en tanto y llegan a su fondo. De no haber sido por ese gran remolino, ni yo mismo lo estaría contando ahora.

¡Era el primer humano que descendía hasta allí!

Empecé a caminar por el fondo del mar, bueno... mejor decir ya por la superficie de la tierra que se extendía allá abajo. Las columnas de agua que sostenían la bóveda líquida eran enormes, pero podía entrar en ellas y salir a mi antojo, nadando. Incluso me era fácil atrapar peces con las manos introduciéndolas en ellas. ¡Qué maravillosa sensación! Ignoro qué clase de fuerzas físicas podían ofrecer tal milagro, tal equilibrio. Ignoro cómo el aire y el agua estaban ahí, frente a frente, sin mezclarse, pues las columnas de agua eran verticales, no hay que olvidarlo. Nosotros vemos el aire y el agua aquí arriba en plano horizontal, pero allí abajo... ¿Y la bóveda líquida? ¿Cómo no caía hacia el fondo, hundiéndose por el peso de sus miles y miles y miles de toneladas? Un asombroso misterio se extendía ante mis alucinados ojos, que no razonaban apenas salvo por el hecho de creer que en realidad estaba muerto y aquello era mi tránsito hacia el Más Allá.

¿Puede creer alguien que las sorpresas habían terminado? No, qué lejos de imaginar tal presunción. Llevaba caminando por mi nuevo mundo apenas unos minutos cuando de repente aparecieron ellos. ¿Quiénes? ¡Los habitantes de las profundidades!

¡El mundo submarino está habitado!

Se quedaron tan sorprendidos de verme ellos a mí como de verles yo a ellos. Los humanos que llegaban hasta el fondo estaban muertos. Era el primer ser vivo que encontraban. Debo decir que en modo alguno me parecieron monstruos o una degeneración diabólica. Cierto que eran más bajos, y que el color de su piel era verduzco, y que sus ojos eran enormes. Pero salvo eso...

Las sorpresas, sin embargo, no habían hecho más que empezar. Su lengua era muy parecida a la nuestra. ¿Un origen común? Tal vez, ¿cómo saberlo entonces? ¿No dicen que la vida comenzó en los mares? Yo quedé más y más asombrado al escucharles.

—¿Eres tú quién?

—¿Acaso estoy soñando, o deliro en mi muerte, pues puedo comprender qué me decís?

—Lengua tuya también nosotros comprendemos ya. Responde —continuó el que hablaba, más preocupado por mi insólita presencia allí que por el hecho de que nos entendiéramos.

—Soy un ser humano —dije yo.

—¿Cosa esto es?

—Vivo... arriba —señalé hacia el océano que nos cubría—. Más allá de las aguas, en las tierras que pueblan nuestro mundo.

Se miraron entre sí. No sabía si me creían o no, pero nada en ellos reveló incredulidad o desconcierto. Después de todo, tenían que ser conscientes de nuestra existencia, repito, por los barcos que naufragaban en los siete mares.

—Ven —me invitaron.

No podía hacer otra cosa que acompañarles. ¿Cómo salir de allí? Mi existencia dependía de ellos.

¡Además, mi curiosidad era tanta!

Me condujeron hasta su ciudad, no muy lejana. Allí, mi fascinación aumentó. La Gran Ciudad del Sur es la capital del Reino de los Abismos. Sus edificios son hermosos, sus avenidas anchas, sus gentes amables y pacíficas. Al tener esos ojos tan grandes, parece que lo miraran todo con incredulidad. Yo me preguntaba de dónde venía el aire que respirábamos, y también la luz que nos iluminaba. Se me antojaban preguntas difíciles, pero resultó que las respuestas eran sencillas. Se me haría muy largo relatarlo, además de complejo, y me temo que tales disquisiciones no son necesarias en la rápida precariedad de mi relato. El hecho de que nosotros respiremos, nos quememos con el excesivo sol o nos helemos con el frío, tiene explicaciones tan simples como pudieran serlo allá abajo cuantas dudas me asaltaban. Por ese motivo no me extenderé con detalles superfluos.

Diré que la vida en los abismos es mucho más sencilla que aquí arriba. En realidad, las únicas novedades dignas de mención las aportan los barcos hundidos. Pero ni siquiera sus tesoros son de interés para los profundos, como se llaman ellos. Inspeccionan cada barco, examinan sus restos, aprenden, y eso es todo. No son belicosos, viven en paz con los restantes pueblos submarinos. Esa es su principal característica: la sencilla concordia en la que transitan por la vida. Sus leyes están hechas para el amor, la vida, la supervivencia, el trabajo, la amistad. ¡Qué distintos de nosotros, mezquinos y bárbaros en nuestra constante lucha por el dominio de la voluntad ajena!

Pero dejadme ser más conciso, por favor. O no tendré tiempo de relatar toda mi odisea.

Fui conducido a presencia del Gran Neptus, que no es rey ni gobernador sino Preceptor del Reino de los Abismos y Sumo Hacedor de la Gran Ciudad del Sur. Era un profundo muy inteligente, que escuchó con agrado e interés mis explicaciones de cómo era la vida en la superficie de las aguas. De hecho, nuestra propia existencia no hacía sino probar su Leyenda Principal, que dice que sus antepasados llegaron de las estrellas y habitaron el fondo de las aguas tanto como la superficie de la Tierra, aunque la falta de contacto aisló ambos pueblos con el paso de los siglos. En pleno centro de la Gran Ciudad del Sur, veneraban un fastuoso bajel estelar, galáctico, prueba irrefutable de su procedencia exterior. Lo llamaban *La Nave*. Naturalmente, yo di más crédito al hecho de que fuera una leyenda que no una realidad, aunque me sentí fascinado por aquel peculiar objeto cilíndrico, metálico, desconocido para mí.

Tiempo tendré de hablar de él.

A fin de cuentas, sería el elemento clave de mi futuro posterior.

Acepté de buen grado la hospitalidad que me dispensaron los profundos, y cualquier ser humano habría sido feliz en el mundo submarino. Mas yo, día a día, hice lo que cualquier mortal temeroso del Señor hubiera hecho: añorar mi verdadero lugar y mi especie, mirar hacia arriba.

—No, no —me repetía el Gran Neptus con cariñosa firmeza—. Forma salir aquí hay no. Destino tuyo pertenece submarinos fondos. Ya así es. Acéptalo y feliz sé en él.

Comprendiendo mi extraña suerte, me resigné a mi nueva realidad. Estaba vivo, y había llegado allí donde ningún otro ser humano había llegado... y tal vez nunca llegase. En muy pocos días, aunque en seguida me di cuenta de que allí la dimensión del tiempo era distinta de la nuestra, me había adaptado a todo aquello. Aprendía, me recuperaba, viajaba por el fondo del mar. Volví a ser feliz. Con el Gran Neptus sostenía largas conversaciones acerca de lo divino y lo humano. Ya era uno de ellos, sin perder mi condición de forastero procedente de, casi, el Más Allá. De haber reunido todas las riquezas de los barcos que encontraba, me habría convertido en el hombre más rico del mundo. Pero allí esas riquezas me eran innecesarias.

El buen Dios me dio entonces la mejor de ellas: el amor.

Nerfra era la hija del Gran Neptus. ¿Podéis creerme si os digo que en el mundo entero no había una belleza como la suya? Pues hacedlo. Y digo poco. Ni su aspecto, tan distinto al mío, la hacía menos preclara entre las diosas. En ella los ojos grandes eran como abismos de luz y vida, sus labios formaban una ola mágica, sus manos eran terciopelo y su cuerpo era el esplendor de todas las ternuras. Y por más que la describa, siempre me quedaré corto. Si Miguel Ángel hubiese conocido a Nerfra, jamás hubiese tallado el bello David. ¡Su obra maestra sería ella! Como toda doncella profunda, había permanecido recluida en aprendizaje hasta su mayoría de edad. El día en que abandonó su reclusión y apareció en la gran fiesta de bienvenida organizada por su padre, fue una conmoción.

Entonces, sucedió.

Nada más verla, caí rendido en mal de amores, apresado por el hechizo de su magia, convertido en un residuo humano, pues mi alma ya pertenecía a mi dueña y señora. Para mi suerte, fui correspondido. Nerfra cayó tan prisionera de sus sentimientos como yo lo estaba de los míos. Nuestro amor fue tan evidente que aquella misma noche lo convertimos en el fuego devorador que lo haría sagrado.

No hizo falta hablar.

Y bajo la bendición del Gran Neptus, escaso tiempo después de mi llegada, mi amada y yo contraímos nupcias según el rito profundo.

Poco puedo relatar de los años siguientes.

Los mejores años de mi existencia.

Nerfra y yo éramos muy felices y vivíamos en paz y armonía. Tuvimos una niña tan bella como lo era ella. Con mis conocimientos, el Reino de los Abismos conoció una etapa de esplendor sin igual. Yo era una persona respetada, querida, incluso diríase que venerada. Por desgracia, no tarde en darme cuenta de algo terriblemente extraño: mientras que yo permanecía casi igual, envejeciendo lo normal con el paso de los años, mi esposa era como si triplicara o cuadruplicara el paso del tiempo en su cuerpo, y también mi hija, y también los restantes habitantes del Reino de los Abismos. En diez años, mi joven y bella esposa casi parecía mi propia madre, y mi hija semejaba ser la mujer con la que me había desposado, tal era su crecimiento.

No encontré razones para justificar tan fugaz paso del tiempo en sus vidas, ni para comprender por qué yo continuaba con mi natural evolución humana si vivía con ellos, respiraba el mismo aire e ingería los mismos alimentos. Lo único que sí era fácil de comprender era que en apenas diez años más, Nerfra sería una anciana y moriría irremisiblemente. Y mi hija...

—Nerfra, mi amor —le acariciaba su piel de pergamino.

—Así las cosas son, mío bien —sonreía ella resignada.

Es hora de que os diga que allí, en las profundidades, las expectativas de vida son de veinticinco de nuestros años, pasando por todas las fases de la evolución humana en tan corto período de la existencia.

¿Qué podía hacer?

Fue entonces, una noche, cuando Nerfra me habló más detenidamente de la Leyenda Principal. Y de *La Nave*.

La Nave.

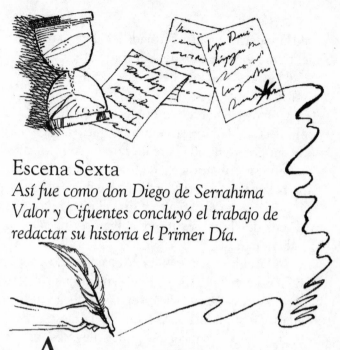

Escena Sexta
Así fue como don Diego de Serrahima Valor y Cifuentes concluyó el trabajo de redactar su historia el Primer Día.

Apenas si había ya luz.

Habría podido solicitar el cabo de una vela, para prolongar un poco más la escritura, pero le dolían los ojos y la espalda, atenazada después de tantas horas encorvada sobre la mesa.

Dejó la pluma de cisne, cerró el tintero, colocó la última cuartilla escrita sobre las demás una vez comprobado que la tinta estuviese seca, y se incorporó, estirándose con pereza.

El sol desaparecía al otro lado de la ventana de la celda, casi engullido ya por la línea de la superficie marina situada a lo lejos, en el extremo más alejado del horizonte.

Una bella, muy bella puesta del astro solar.

Como si el carcelero hubiera atisbado por el hueco de la puerta, o intuido que acababa de dar por finalizada la redacción de su historia en esa primera jornada, escuchó el ruido de la llave en la cerradura a su espalda.

Mas no era el carcelero, sino el ujier.

Los dos hombres intercambiaron una rápida mirada.

—Decidme, señor —habló el aparecido—. ¿Habéis concluido por hoy vuestro trabajo?

—Así es —don Diego señaló el pliego de cuartillas situado a la derecha de la mesa—. Si de vuestro parecer es, podéis llevaros mi redactado y entregárselo al juez.

—Este es mi cometido —asintió con la cabeza el hombre.

Recogió al punto las cuartillas, pero con ellas en la mano, lejos de retirarse ya y dejarle solo, le formuló un distendido comentario.

—Afeitado y con ropa limpia, no parecéis un pirata.

—Gracias —ponderó el prisionero.

—La vida es extraña, ¿no creéis?

Don Diego de Serrahima Valor y Cifuentes sonrió cansado.

—Ese es su sentido: la extrañeza —justificó—. No hay vida apacible o temible, ni vida dramática o lisonjera. Al igual que cada paso nos conduce al siguiente, y sin ellos no habría camino, cada día nos abre la puerta del siguiente, cerrando a su vez y en muchos casos la del ayer. Y lo que para unos está fuera de razón, para otros es normal. Lo que para unos es blanco, para otros es negro. Lo que una religión aprueba, la otra lo rechaza. Lo que una sociedad considera causa justa, para otra es demérito y anatema. Supongo que por eso estoy aquí, y por eso seré colgado.

—¿No creéis en la justicia del honorable juez don Pedro del Páramo y Pastor?

—Creo en ella. Pero mi historia... —apuntó con un dedo las cuartillas.

—¿Por qué quisisteis, pues, escribirla? —frunció el ceño el ujier.

—Lo dije en la vista: para que quedara constancia de ella y un día, en el futuro, se sepa que dije verdad y mi nombre sea recuperado y reivindicado. No hay más.

Se produjo un silencio nada incómodo. El sol ya había desaparecido tras el horizonte. Los dos hombres se siguieron mirando apenas unos segundos más.

—Debo irme —anunció el ujier.

—Id con Dios.

—Con él quedad.

Salió por la puerta y, del otro lado, él o el carcelero echaron la llave. Don Diego regresó a la ventana.

Se veían las primeras estrellas en la noche.

Estrellas.

Las mismas que él había conocido cuando se convirtió en el Viajero de las Estrellas.

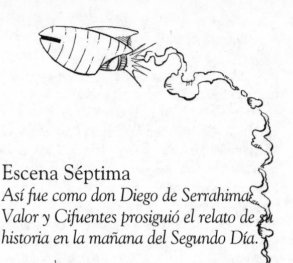

Escena Séptima
Así fue como don Diego de Serrahima,
Valor y Cifuentes prosiguió el relato de su
historia en la mañana del Segundo Día.

Mi vida en el Reino de los Abismos y en su hermosa ciudad se convirtió en una pesada losa, un infierno amargo del que no sabía cómo salir. Iba a ver morir a mi amada, irremisiblemente, y después a mi hija, mi pequeño tesoro, ya que en unos pocos años más, antes incluso de que yo llegase a la madurez, ella también se haría vieja. ¿Qué extraña y poderosa causa motivaba su rápido crecimiento? ¿Por qué no me afectaba a mí? Su naturaleza era insólita.

Entonces, más que nunca, me interesé por la Leyenda Principal.

En ella se decía que años ha, en un tiempo remoto, cuando no había ciudades en la Tierra y el mundo estaba poblado por animales, dos naves procedentes del espacio habían arribado a nuestro planeta. Eran naves de exploración galáctica. Bajeles que volaban no sólo por el aire empleando una energía desconocida, sino más allá del cielo. ¿Asombroso? No tanto. Mi historia probará que no hay fantasía humana que la realidad no supere.

Una de aquellas naves se había posado en la superficie de la Tierra, y de su interior salieron los seres que la poblaron. ¿Regresó aquella primera nave a su mundo? ¿No logró emprender el viaje por causas que desconozco? Lo ignoro. El contacto con la segunda nave, la que bajó a las profundidades marinas, se perdió no mucho después.

Aquella segunda nave era *La Nave*, el objeto cilíndrico venerado en el centro de la Gran Ciudad del Sur. También de su interior salieron los hombres y mujeres que poblaron las profundidades. De nuevo cabría formular preguntas sin respuesta: ¿Por qué *La Nave* seguía donde estaba? ¿Por qué no regresó a su mundo? La Leyenda Principal no daba más información que la que acabo de relataros. Se decía que un día otra nave regresaría a contactar con ellos. Se decía que, en el futuro, cuando la ciencia lo permitiera, alguien descubriría de nuevo cómo funcionaba el objeto cilíndrico y volaría al espacio. En realidad, lo que sucedía era que nadie se atrevía a entrar en su interior y manipularlo.

Un día, mirando *La Nave* absorto, comprendí que la única posibilidad de salvación para mi hermosa Nerfra y mi hija era... volar en ella y buscar ayuda. Regresar al mundo del cual un día partieron nuestros antepasados. Su ciencia tenía que estar por fuerza más adelantada que la nuestra.

Y tomé la decisión.

Tal vez absurda, tal vez demente, pero la única que mi torturado ánimo supo aceptar sin menoscabo. Todo antes que rendirme.

Aquella noche pedí a Nerfra y a mi hija que me acompañaran.

—Tengo la solución para nuestro problema, y aunque es peligrosa, debéis confiar en mí.

—Confío en ti, mío esposo —me respondió Nerfra—, pues sufro por impotencia que alma te corroe, pero necesario es que sepas nada puede hacerse. ¿Has imaginado qué locura?

—Es una sorpresa —respondí yo.

Yo ya había introducido alimentos en *La Nave* para el que suponía sería un largo viaje. Todo estaba preparado. Sin embargo, al llegar a ella y comprender mi intención, Nerfra se detuvo.

—No, no... —se estremeció—. Daría vida mía para feliz hacerte, así que tuya es. Pero tentar destino, exponer vida nuestra hija...

No, por favor. Si morir he de, que en paz sea, en casa mía, rodeada de seres queridos míos y cuando momento llegue.

—Confía en mí —le pedí—. Mi instinto siempre me ayuda en los momentos más tortuosos.

Lloré lagrimas de amor y le rogué que me dejara intentarlo y luchar por ella y por su vida y la de nuestra hija. Ni siquiera sabía si el objeto cilíndrico de metal funcionaba, y mucho menos podía saber yo de su manejo en caso de que lo hiciera. Los dos miramos entonces a nuestro pequeño tesoro. Era su veredicto el decisivo.

—Me gustaría intentarlo, madre —respondió ella—. La vida es hermosa y quiero apurarla. Si hay una posibilidad de vivir más y ser felices, aunque sea lejos de aquí, estoy dispuesta.

Aquello fue decisivo. Nuestra hija nos dio la mano a los dos y las apretó con todas sus fuerzas. Estábamos juntos. ¡Éramos una familia dispuesta a luchar para no perdernos en el olvido!

—Sea pues destino —se rindió mi esposa. Y agregó—: ¡Ah, nobles pero impensadas locuras empuja a nos a llevar a cabo por amor!

Una vez en *La Nave*, me enfrenté a todo aquel cúmulo de aparatos desconocidos para mí.

Empecé a tocar unos, a presionar otros, a manipular otros más. No sucedía nada y el tiempo transcurrió lo mismo que una burla amarga. Mas no me rendí. Continué aquella extravagante tarea casi enfebrecido hasta que, de pronto, se iluminaron unas luces de colores. Era como si aquello brillara por sí mismo sin tener un sinfín de velas en su interior. Más aun: como si un millón de diminutos soles se hubieran encendido en aquel pequeño espacio. Continué tocando y presionando y manipulando hasta que, de repente, se escuchó un rugido, un intenso grito procedente del interior de *La Nave*. Hubo un estremecimiento.

Y en unos segundos... nos alzamos del suelo.

Y en unos segundos más... comenzamos a volar.

Y finalmente...

Nerfra y nuestra hija se abrazaron asustadas. Yo era capaz de pilotar cualquier bajel, mas no aquel extraño artilugio sin timón. Pensé que, después de todo, íbamos a morir, castigados por mi osadía, y me resigné a mi suerte, aunque lamenté que mi locura hubiera empujado a mi propia hija a perder la vida antes de lo deseado. Miramos por las ventanas del objeto galáctico y vimos, primero, la Gran Ciudad del Sur a nuestros pies, y después... agua.

Habíamos abandonado el mundo profundo y atravesábamos el mar situado sobre nuestras cabezas.

Cada vez volábamos a mayor velocidad. Tuvimos que sentarnos en unas sillas habilitadas para ello. Desde ellas presenciamos el renovado milagro de nuestra experiencia sin duda más increíble.

Porque cuando salimos del mar y llegamos a la superficie de nuestro mundo, continuamos volando, hacia lo alto, en línea recta, primero rumbo al cielo, después hacia el espacio exterior.

¡Oh, Dios, cuán vasto es tu imperio celestial! ¡Y qué débiles y pequeños somos nosotros en realidad!

Cruzamos las nubes, y viajábamos a una velocidad tan extraordinaria que pronto lo que vimos no era más que una bola azul y blanca suspendida en mitad del firmamento. La Tierra, la imagen más hermosa jamás imaginada, vista desde allá arriba, comenzó a quedar atrás hasta empequeñecerse y no ser más que un punto, una estrella como tantas otras. Se hizo negrura a nuestro alrededor. Y si hermosa era la vista de nuestro mundo, más hermoso fue ver lo que desde nuestras ventanas vimos. Un universo tachonado de luces. El sol. La luna.

En mi demencia temporal, pues con todo lo que me sucedía y veía mi mente arribó a cotas de peligrosa locura, llegué a creer que *La Nave* era un enlace con El Señor, y que estábamos muertos y nos íbamos al cielo.

Pero estaba equivocado.

Nerfra y nuestra hija palidecían por aquel milagro.

—¿Y ahora qué? —me preguntó mi esposa.

—No lo sé —reconocí—. Pero Dios está de nuestro lado.

Miré temeroso a mi alrededor, confiando en que el buen Dios no se enfadase por tal presunción.

Y continuamos aquel insólito y largo, muy largo viaje.

Larguísimo.

Porque muy pronto, el viaje espacial se hizo aburrido.

En unos días ya no había rastro de la Tierra o la luna, así como tampoco del sol u otros planetas. De vez en cuando, a estribor o babor, divisábamos otra bola de tierra suspendida en mitad de la nada. Pero eso era todo. Unas tenían un anillo espectacular, otras eran gigantescas, otras pequeñas. Hasta que dejamos incluso de ver más planetas.

Un día más, dos, tres.

Una semana más, dos, tres.

El tiempo, sin posibilidad de ser medido, dejó de contar para nosotros salvo por un acuciante problema: los alimentos tocaban a su fin, así que un nuevo peligro se cernió sobre nuestras vidas. Acabaríamos muriendo de inanición.

Yo no me atrevía a tocar nada más. Me daba miedo. Pero cuando comprendí que sin comida ni agua nuestro fin era irreversible, tuve que arriesgarme. Me senté delante de aquellos aparatos y, al azar, volví a manipularlos. Al presionar un botón, se iluminó un rectángulo brillante, y en él apareció una mujer de primigenia y singular hermosura.

—Comunicación Alfa-Uno prioridad Gamma —nos dijo.

Nos llevamos un susto de muerte. ¿Cómo era posible que allí dentro hubiese alguien? ¿Y tan pequeño? ¿Y que estuviese vivo? ¿Y que pudiéramos entenderla aunque no comprender sus palabras? Yo traté de liberarla, arranqué el rectángulo luminoso de la pared para... sacarla, pero en realidad allí dentro no había nadie. Y comprendí la verdad. ¡Por un mágico prodigio, que en la Tierra me hubiese costado la hoguera, aquel aparato era un comunicador celestial! ¡Alguien situado muy lejos me veía y me oía a mí, y yo le veía y le oía a él! ¡Sin duda, un milagro!

—¿Quién... sois? —me atreví a balbucear.

—Ha-Anchera —respondió—. Puesto base 97 en la frontera sur intergaláctica. ¿Y tú, quién eres?

—Mi nombre es... Diego de Serrahima Valor y Cifuentes —proclamé—. Viajo con mi esposa y mi hija, pero no sé...

¿Qué podía decirle, que volaba por el cielo en un cilindro de metal desconocido para mí y que no sabía ni siquiera dónde estaba o qué sucedía? La bellísima mujer no se alarmó por mi miedo.

—La nave espacial en la que viajas ha sido identificada como la *Pluma X-9*, dada por desaparecida hace dos mil setecientas megas —volvió a hablar ella—. Vuestro regreso a casa será una feliz noticia. ¿Sois mutantes o descendientes de los primitivos exploradores?

—¿Qué? —no entendí de qué me hablaba—. Ni siquiera sé cómo he llegado hasta aquí, ni cómo se maneja todo este endiablado mundo de luces de colores.

—No importa —asintió la llamada Ha-Anchera—. Obedece mis instrucciones y te traeremos hasta nosotros.

Miré a Nerfra, y a nuestra hija. Estábamos salvados.

Aunque... ¿cuál sería nuestro destino?

—Al parecer hemos... vuelto —reconocí.

Nerfra y la pequeña se abrazaron a mí. Sentíamos una extraña paz.

Aquella mujer de curioso nombre, Ha-Anchera, una vez conocida nuestra ubicación en el invisible mar galáctico y comprobados los controles de la nave, me indicó qué tocar y qué manipular, cómo dirigirla y cómo pilotarla, y después me dijo que descansara, que ya estábamos en ruta y localizados, que iban a por nosotros.

Nos dio la bienvenida.

—Descansad. En unos momentos todo habrá terminado.

Nerfra, mi hija y yo estábamos sobrecogidos.

La especie humana representada por mí, y la de las profundidades, representada por mi esposa, más nuestra hija, fruto de la fusión de las dos, volvía... a casa.

A nuestro origen celestial.

¡Lo habíamos conseguido!

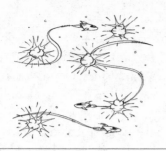

Escena Octava
*Así fue como don Diego de Serrahima
Valor y Cifuentes prosiguió el relato de
su historia en la tarde del Segundo Día.*

Si hasta este momento maravilloso era cuanto me había acontecido, desde ese instante...

Tres, cuatro, siete horas después de ese contacto, y soy tan impreciso porque en realidad, insisto, no había forma de saber en qué medida transcurría el tiempo allá arriba, apareció la primera nave ante nuestros ojos. Era un extraordinario bajel estelar, tan grande como una montaña, y tan bello como una obra de arte cincelada por el más experto artesano. Y de su interior, como si él fuese una madre galáctica, emergieron otras naves más pequeñas, como la nuestra en tamaño. Naves que se aproximaron, nos estudiaron, inspeccionaron, y finalmente nos "atraparon" mediante unos invisibles rayos luminosos. De tal guisa fuimos conducidos hasta la nave principal, cuya panza se abrió para ser introducidos en ella.

Cuando por fin pudimos salir del vehículo gracias al cual habíamos llegado hasta allí, nos encontramos ante un comité de honor que nos dio la bienvenida. En las miradas de aquellos seres tan iguales a nosotros, vi admiración, respeto, curiosidad... Si para nosotros era una sorpresa saber que existía vida más allá de la Tierra, para ellos era una sorpresa saber que de sus expediciones científicas había quedado una huella en un mundo tan remoto como era el nuestro. Se nos condujo a presencia del capitán del bajel galáctico, Ha-Shock, y con él sostuvimos la primera conversación, aunque ambos estábamos más llenos de preguntas que de deseos de responder a los interrogantes del otro.

—Habladme, viajeros, ¿cómo es el mundo que habéis dejado atrás? ¿Se mantienen vivas las tradiciones y las enseñanzas de nuestros antepasados, o habéis desarrollado una cultura propia? Contad, cuenta.

Yo le hablé de la Tierra, de los hombres que poblaban su superficie y que desconocían su origen, pues la primera nave debió llegar en tiempos remotos. Nerfra le habló de los profundos, y de cómo la nave que había llegado hasta el fondo del mar pudo conservarse, aunque por alguna extraña razón, nunca volvió a utilizarse para regresar. Ha-Shock nos habló a su vez de las viejas expediciones que habían llevado a cabo los Has en tiempos pretéritos, muchas de las cuales no regresaron jamás al mundo de Ha.

El mundo de Ha.

Si fascinante era haber viajado por el espacio, y haber encontrado vida extraterrestre, y haber descubierto el origen de la especie humana y de la especie profunda, más fascinante fue llegar al mundo de Ha.

Viajamos en el gran bajel galáctico cinco fages, tal es allí la medida del tiempo en equivalencia a nuestros días y nuestras noches. Para cuando llegamos, ya se nos esperaba como héroes, hijos pródigos que regresaban a casa. Si los humanos somos de piel blanca, o negra, o amarilla, o roja, y los profundos son de suave coloración verde, los Has son absolutamente blancos. Y cuando digo blanco, es blanco. Un blanco impoluto y celestial que más hace pensar en la presencia de unos santos que de unos seres mortales. Pero salvo carecer de cabello en la cabeza, y tener las orejas mucho más grandes, son como nosotros. O nosotros como ellos. Su ciencia, lo que llaman tecnología, es lo que les convierte en una raza muy superior.

Pero lo más singular fue ver el fabuloso mundo de Ha.

Los edificios de Ha-1, la capital, eran tan altos que se perdían más allá de lo que la vista pudiera abarcar. Estaban hechos de metal y otras materias desconocidas, tales como —y cito nombres que sé que son irrelevantes para la comprensión de mi relato—, el plástico, el titanio, la luz sólida, los cristales endurecidos o las aleaciones de materias tan flexibles como el tallo de una hoja y a la vez tan firmes como la espada mejor forjada.

Los habitantes de Ha volaban por el aire gracias al uso de unos aparatos sujetos a su espalda. Y se desplazaban mediante calles que se movían siguiendo su propio curso. ¿Puede haber mejor maravilla? Lo que en la Tierra tarda una carreta tirada por los mejores caballos en recorrer la distancia de una jornada, allí se tarda apenas unos minutos. Para ascender a las plantas más altas de sus edificios, hay tubos de aire. Para sumergirse en sus océanos, hay naves submarinas. Para volar por el espacio, naves mil veces más rápidas y fabulosas que la empleada por nosotros para llegar hasta allí. Podría pasar horas, días, refiriendo las maravillas del mundo de Ha, mas sé que no dispongo de tiempo, y a mi relato todavía le faltan muchas páginas de recuento.

Lo más importante, aquello por lo que habíamos marchado de la Tierra, era la salvación de mi esposa y mi hija. Y aunque logramos robarle algo de tiempo al tiempo, no todo fue como yo esperaba.

En Ha la ciencia retardó e impidió la muerte rápida de Nerfra, como era mi deseo, y también el envejecimiento fulminante de mi hija, aunque no por ello se detuvo el paso de la vida, pues la inmortalidad sí es un sueño todavía quimérico, incluso para ellos. Así pues, lo inevitable, dada la naturaleza profunda de Nerfra y de mi hija, se hizo más lento, pero no cambió su curso.

Me habitué rápidamente a mi nuevo mundo, recuperé parte de la alegría y la felicidad que me caracterizaban, y cuando casi diez años después —digo diez años por un cálculo aproximado en relación a mi propio envejecimiento—, Nerfra murió a la postre, la soledad se apoderó de mí lacerándome el alma de una forma que jamás hubiera podido imaginar. Fue muy duro. Tan lejos. Al otro lado del universo y sin el ser al que tanto había amado... la necesidad de regresar a la Tierra cobró forma en mí. Entonces comprendí que mi estancia en Ha tocaba a su fin. Sin Nerfra, nada me importaba. Ni siquiera el amor de mi hija, por entonces ya casada con un príncipe de la Casa Real de Ha, era capaz de retenerme. Por mucho que hubieran detenido el envejecimiento rápido, los profundos tenían ya otro metabolismo interior, así que también iba a ver la muerte de mi propia hija tarde o temprano.

Y pedí al Gran Consejo de Ha ser devuelto a la Tierra.

—¿Por qué deseas marchar? Esta es tu

casa, tu mundo. Crea aquí un nuevo linaje —me dijeron.

—Pertenezco a la Tierra. Escapé por el amor hacia mi esposa y mi hija. Una ha desaparecido y la otra ya no me necesita. He de partir.

—Tu vida ya no será la misma —me dijeron entonces—. Si cuentas esta historia, no te creerá nadie. Serás un extraño en tu propio mundo. En todos los sistemas habitados del universo, y hay cientos, se mira con recelo a cuantos poseen una tecnología superior, pues siempre tienen miedo de ser invadidos y conquistados por ellos. La ignorancia es la mejor aliada para la supervivencia. Y la Tierra necesita de esa ignorancia todavía. Tu gente ha de creerse solitaria, única, hijos predilectos de vuestro dios.

Yo insistí, y ni las lágrimas de mi hija lograron hacerme cambiar de idea. Echaba de menos otras cosas, este sol que nos bendice —en Ha hay siete soles menores que dan luz pero no calor, por lo cual es un mundo muy frío—, estos mares por los que navegar, e incluso la evanescente hermosura y el calor de un nuevo amor que calmase mis ansias humanas. En Ha podía haberme casado de nuevo, más allí el recuerdo de Nerfra era demasiado poderoso.

Conseguí el permiso, y también ser aceptado en una nave que iba a pasar cerca del sistema solar y por tanto de la Tierra, donde sería depositado en secreto. Todo estaba a punto para mi partida cuando sobrevino la tragedia. Los Has habían vivido durante generaciones en paz. La guerra era un triste recuerdo en sus anales históricos. Pero siempre, en cualquier parte, hay alguien, un ser o una raza que se creen superiores, o que necesitan de la conquista para imponer su ley, o que faltos de una materia buscan dónde hallarla y tratan de obtenerla por la fuerza. Los Tum pretendían las tres cosas, mostrar su superioridad en aquel cuadrante, dominarlo para ser árbitros del destino de la galaxia, y apoderarse de las minas de titanio de los Has.

Una triste mañana, el cielo se pobló de naves.

Y estalló la guerra.

—¡Nos atacan! —gritaron unos—. ¡A las armas! —pidieron otros—. ¡Por la libertad! —ondearon las banderas.

Combatimos todos, hasta yo. Nadie era innecesario. Los Tum podían ser fieros y despiadados, pero los Has poseían el valor de su inteligencia y lo más esencial: luchaban por su libertad. Primero tuvimos derrotas, estuvimos al borde del caos y la aniquilación, se perdieron muchas vidas, pero a la postre la guerra cambió el fiel de su balanza y conocimos la miel de las primeras victorias.

Yo, que había aprendido el manejo de las naves aprovechando mi buen hacer marinero, participé en primera línea en todas las contiendas que siguieron al primer estallido bélico. Estuve al mando de una hermosa fortaleza con la que defendí el sector oeste de Ha-1, y cuando pasamos al ataque, después de detener el acecho de los Tum, piloteé otra nave más, una ligera, de batalla, con la que derribé un centenar de "avispas" enemigas —nombre que les puse yo, pues eran como avispas, rápidas y mortales—. Gracias a mi valor, mi osadía, mi temple y también, por qué no decirlo, amparado por una enorme suerte que me deparó el destino, acabé la guerra siendo un héroe y gané la más alta condecoración de Ha: la Orden del Viajero de las Estrellas.

Con la paz, había mucho que hacer, mucho que reconstruir, pero mi vieja idea de regresar a la Tierra seguía en pie. Ayudé a los Has en los primeros momentos, pero después... Con honores de héroe, como Viajero de las Estrellas, fui despedido en medio de una gran fiesta en la que participó todo el planeta.

Y una mañana, después de abrazar y besar a mi hija por última vez, emprendí el camino de regreso a casa.

A mi mundo.

Me preguntaba qué iba a encontrarme en la Tierra.

Escena Novena

Así fue como don Diego de Serrahima Valor y Cifuentes concluyó el trabajo de redactar su historia el Segundo Día.

Al igual que en la jornada anterior, la puerta del calabozo se abrió casi en el instante de levantarse de la mesa para estirar los brazos y desentumecer los músculos. El carcelero, que tan mal le trataba, se quedó afuera. El ujier, que en tanta estima parecía tenerle, entró dentro.

—¿Habéis concluido por hoy? —preguntó con mesurada voz.

—Así es —le informó don Diego.

El hombre puso una mano encima de las cuartillas escritas pulcramente, aunque no las tomó.

—¿Qué clase de vida fantástica ha sido la vuestra? —quiso saber.

—Una vida.

—Debe ser más que eso. Mucho más.

—¿Por qué lo decís?

—Porque me consta que su excelencia, el honorable juez don Pedro del Páramo y Pastor, ha pasado la noche en vela leyendo vuestro relato; y que por tres veces, en la última hora, me ha hecho venir hasta aquí para saber si habíais concluido ya la redacción de esta segunda parte.

—¿A qué se debe tan desaforado interés?

—Deberías decírmelo vos —palmeó con grácil cautela las cuartillas escritas—. Sólo él conoce lo que habéis plasmado aquí.

—Ya os he dicho que no es más que una vida, y a fe mía que todas son fantásticas, pues es cuanto tenemos.

—Sois modesto.

—Es cierto que mi historia es extraordinaria —don Diego asintió con la cabeza—. Pero su dimensión supera en tanto la credibilidad humana, que también es más que probable que, por ella, acabe perdiendo la vida. Siendo así, preferiría que fuese menos asombrosa y más cauta, aunque para bien o para mal, sé que sólo la verdad nos hace libres.

—Hermosas palabras.

—¿Qué más ha dicho el honorable juez? —se interesó el cautivo.

—Su habla era mesurada, pero su inquietud era mucha, y aun más su desasosiego. He visto sus ojos perlados por la fascinación, y sé que su mano temblará cuando, dentro de un momento, le entregue esta nueva parte de vuestra historia.

—Id entonces, no despertéis las iras de vuestro superior, motivadas por la impaciencia que le atosiga. Os juro que yo de aquí no me he de mover.

—Tal vez sobreviváis.

Escucharon un ronco gemido de protesta procedente del carcelero. Ninguno de los dos le hizo caso.

—Si sobrevivo, seré un loco, si muero, un pirata. El destino es una puerta de doble dirección.

El ujier cogió las cuartillas, dio media vuelta y traspuso el quicio de la puerta. No llegó al otro lado. Se enfrentó al carcelero y, mirándole con la fijeza de su superioridad, le ordenó:

—Que no le falte de nada a este hombre, y que se le sirva la mejor de las cenas regada con el más dulce de los vinos. Así lo ha dispuesto el honorable juez.

El carcelero parpadeó con susto.

—Será como digáis, señor.

Tras esto, el ujier se retiró, y la puerta volvió a cerrarse de nuevo.

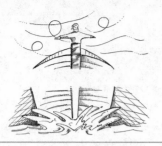

Escena Décima

*Así fue como don Diego de Serrahima
Valor y Cifuentes prosiguió el relato de
su historia en la mañana del Tercer Día.*

Me había convertido en el Viajero de las Estrellas.

Ya no era Diego de Serrahima Valor y Cifuentes.

Habría podido viajar por el espacio infinito, conocer nuevos mundos, llegar allí donde ningún ser, humano o no humano, hubiera llegado jamás.

Me sentía libre, fuerte, casi inmortal, poderoso.

El Viajero de las Estrellas.

Y sin embargo, mis ojos, mi corazón, mi alma entera, se hallaban llenos, impregnados de los colores, los aromas, la luz y la esencia de mi vieja casa: la Tierra.

No me preguntéis por qué.

Así pues, regresé a ella.

Fue un viaje más rápido que el de ida. Las nuevas naves eran capaces de viajar a velocidades tan fantásticas, que sólo con mencionarlas parecen imposibles. Velocidad de la luz, hiperespacio, síntesis cuántica... Palabras incomprensibles para nosotros, pero que existen y existirán cuando el progreso nos alcance.

Llegué a la Tierra en unas pocas jornadas.

No era posible que la nave que me transportaba aterrizase en medio de una ciudad. Debía hacerse todo con discreción. ¿Qué habría sucedido si un solo humano fuese testigo de tan singular prodigio? No, en bien suyo, y en el de cualquier pueblo, ciudad o país, todo debía efectuarse con discreta mesura. Jamás imaginé que, yo mismo, estaría narrando ahora tantas vicisitudes con el único fin de demostrar mi honradez.

La nave aterrizó en la ribera del río Ebro, con el objeto de que yo estuviera cerca del lugar de mi nacimiento. Se posó en tierra, y el capitán se despidió de mí, no sin antes suplicarme por última vez que no me quedara solo. Mi tozudez y mi voluntad inflexible impidieron cualquier reflexión. Mi suerte estaba echada.

—Suerte, amigo —me deseó aquel hombre.

Puse un pie en tierra, bendije el primer rayo de sol que me acarició el rostro, aspiré el primer atisbo de aire puro que respiraba en mucho tiempo, y fui testigo de cómo la nave alzaba de nuevo el vuelo y se alejaba de mi lado.

Para siempre.

Me puse en marcha inmediatamente, y alcancé las murallas de la muy imperial Tarraco en media jornada. Fue entonces cuando me di cuenta de algo singular. Para mí la medida del tiempo en el espacio había sido una, pero para los habitantes de la Tierra... sin duda había sido otra. Cuando llegué a la que en un tiempo fue mi casa, supe que mis padres habían muerto hacía muchos, muchísimos años. Su recuerdo ya era difuso, así que más debía serlo el de aquel hijo varón descastado que escapó del hogar paterno siendo un adolescente.

Había perdido mis raíces.

Los Has no dejaron que me marchara de su mundo con las manos vacías. Lo que para ellos no eran más que piedras de colores, en la Tierra eran rubíes, esmeraldas, diamantes y otras piedras preciosas. Así pues, fingiendo ser un aventurero que regresaba de las Indias, me convertí en un acaudalado y rico prohombre que, en poco tiempo, era bien recibido en las mejores casas. Compré la que fue de mis padres, el hogar de mi nacimiento. Hice donaciones, fui generoso, albergué artistas bajo mi techo, y en poco tiempo mi nombre era respetado y querido. Todos los padres con hijas casaderas pretendían que "sentara la cabeza" con una boda que confortase mi solitario corazón. Los políticos pretendían que me presentara a diversos cargos. Unos buscaban mi amistad, otros mi dinero, y los más ser mis socios.

Mas yo me aburría.

Había sido grumete, marino, pirata por obligación, habitante de las profundidades, esposo, padre, piloto de una nave bélica en el mundo de Ha, y finalmente... Viajero de las Estrellas.

¿Qué sentido tenía ahora mi vida, abúlica, carente de emociones e interés, solitaria y resignada?

Incluso el amor me fue esquivo. No pude querer a ninguna otra mujer después de haber amado a Nerfra. No allí y por aquellos días.

Empecé a preguntarme si el mundo, la pequeña Tierra en la que vivíamos, sería todavía lo bastante grande como para recorrerla en busca de aventuras.

Entregué mi fortuna a causas nobles, fundé hospitales y centros de atención para futuros artistas, distribuí los dones que tan fácilmente me habían sido otorgados, y finalmente me compré un hermoso bajel con el que volver a los mares. Era el barco más grande y más bello que jamás hayáis podido imaginar. Por si acaso, conservé las últimas piedras preciosas que me quedaban, no fuera a necesitarlas por algún menester perentorio. Y una mañana, con la mejor tripulación que pude reclutar, me hice a la mar sin un rumbo establecido, con el propósito de pasar el resto de mi vida de tal guisa, yendo de puerto en puerto, conociendo culturas, aprendiendo, soñando.

Mi barco se llamó, como no, *El Viajero de las Estrellas*.

Ah, Cielos. Ah, Gran Dios. Ah, triste condición humana.

Los recuerdos son la vida, pero duelen. Las nostalgias son el flujo en el que nos mecemos, pero asaetean el alma. Los sueños son dulces de noche y amargos al despertar. Yo no tenía patria ni bandera. Mi casa era un barco. De haber podido volver al mundo de Ha... de haber podido regresar a las profundidades marinas... Pero algo me decía que fuera donde fuera, escucharía el eco de la voz de mi amada, y vería el rostro precioso de mi hija envuelto en una nube. Muchas noches, el dolor era tan intenso, que lloraba envuelto en el desconsuelo de mi soledad. Otras, agradecía al buen Dios el simple hecho de estar vivo. Y mientras, puerto a puerto, tierra a tierra, mar a mar, navegué por espacios que inundaban mi mente de sensaciones, aunque sin llenarla jamás del todo.

Cierto día, surcando las azules aguas del gran Pacífico, arribé a una isla, una de tantas, perdida en el infinito, no más de una lágrima divina en mitad del océano. Y allá se produjo el milagro, mi vuelta a la vida. Mi resurrección. En una playa de arenas blancas y palmeras gráciles, vi a una diosa terrenal, una muchacha de piel dorada y rostro luminoso. Fue una aparición.

Me enamoré de ella al instante.

Y ella de mí.

—¿Cómo te llamas?

—Lin.

Supimos que nuestro futuro estaba sellado.

Lin resultó ser la hija del jefe de los Uarao, los habitantes de la isla. Casi considerado un dios llegado del otro lado del mundo, su padre me ofreció su amistad y su mano cuando se la pedí. En menos de lo que cuesta decirlo, hallado por fin un nuevo sentido para mi vida, decidí quedarme en aquel paraíso, lejos del mundanal ruido. Entregué mi barco a los marinos que me habían servido fielmente, con la promesa de que lo emplearan en el comercio y con fines honrados, y tras casarme con Lin, inicié una existencia que en nada recordaba mis experiencias pasadas bajo las aguas o en el espacio.

En unos años, fui un hombre nuevo.

Pero no podía olvidar lo que había aprendido de los profundos, o de los Has. No podía ignorar que sabía cómo curar enfermedades, ni darle la espalda al hecho de tener unos conocimientos superiores a los demás mortales, ni hacer oídos sordos a mi sorprendente "capacidad tecnológica", desconocida por todos. Muy pronto, los progresos en la isla se hicieron conocidos en las restantes islas de los alrededores. Muy pronto, otros reyes aborígenes nos visitaron. Muy pronto, mi fama se extendió allende los mares, hasta convertirse en una leyenda de la que no pude escapar. Cada vez más, a nuestra isla arribaban barcos en busca de mis conocimientos o atraídos por la simple curiosidad que yo despertaba. Me llamaron de muchas formas distintas, El brujo blanco, El hombre Todo, El hacedor de sueños. La paz de mi paraíso fue truncándose cada vez más. Los amables y generosos Uarao comerciaron, se enriquecieron, intercambiaron mis ideas por otros productos que necesitaban, pero rápidamente perdieron su identidad, su libertad, su diferencia.

Comprendí el daño que les había hecho cuando ya era demasiado tarde.

La guerra del espacio no resultó ser ni más ni menos dura que la guerra de los hombres en la tierra.

Una noche la isla fue atacada. No pudimos ni defendernos, porque éramos simples gentes de bien. El único objetivo de aquellos desalmados era capturarme. Me vi obligado a empuñar una espada, pero fue inútil. Mi propia esposa, la bella Lin, cayó atravesada por una ciega estocada que le arrebató la vida. Llorando junto a su cuerpo, dispuesto a morir, lograron dejarme inconsciente.

Y para cuando desperté, me hallaba en alta mar.

Prisionero de mi destino.

Escena Décimo Primera

Así fue como don Diego de Serrahima Valor y Cifuentes prosiguió y concluyó el relato de su historia en la tarde del Tercer Día.

Aquellos hombres no eran piratas, sino guardias de un reyezuelo desconocido llamado Saitan, con un gran poder en un archipiélago de islas recónditas y al amparo del mundo, pues se hallaban fuera de las rutas comerciales establecidas. Leyendas fantásticas que hablaban de monstruos marinos, un muro coralino que impedía el acceso a las islas a no ser que se conociera el único paso libre a través de los escollos, y lo aguerridos de sus habitantes, hacían del lugar al que nos dirigíamos un reducto inaccesible. Bien pronto pude comprobarlo.

Yo deseaba morir. Iba encadenado, pues la sola vez que me liberaron de mis ataduras logré saltar al mar para ser pasto de los tiburones, aunque lograron rescatarme con vida. Cuando llegué a la isla principal, comprendí la urgencia de Saitan por verme ante su presencia. El viejo y temido rey se moría. Pensaba que yo podía ser su única salvación.

Y lo intenté. Las razones sobran cuando te encuentras cara a cara con la muerte. Pensaba que si Dios había querido que, una vez más, sobreviviese, alguna razón tendría, y que yo no era nadie para juzgarle. Incluso empecé a preguntarme si en el futuro tendría una tercera oportunidad de ser feliz.

¿Acaso no era El Viajero de las Estrellas?

Saitan no tenía salvación. El mal había arraigado ya tan profundamente en su cuerpo, que en cuanto hice una suturación a lo único que pude asomarme fue a su podredumbre interior. Tres días después de mi llegada a la isla de Canú, murió en mis brazos. Pensé que la recompensa sería mi propia muerte. Y de nuevo me equivoqué. Al día siguiente de la muerte de Saitan, sus tres hijos vinieron a verme por separado. Cada uno de ellos me ofreció poder y riquezas si les ayudaba a vencer a sus restantes dos hermanos. Pedí la libertad como derecho, no como pago para unos servicios, y los tres denegaron mi solicitud.

Aquella misma tarde estalló la guerra entre ellos.

Una guerra sanguinaria, cruel y despiadada que se inició en Canú y se expandió a todas las islas del archipiélago.

Fui prisionero del hijo mayor de Saitan, y después del segundo, y finalmente del tercero. Ninguno podía vencer sin desangrar aquellas hermosas islas, así que acabaron diezmadas por tantas matanzas. Mi vida fue respetada en cada caso, a la espera de que decidiese colaborar de buena fe con cada uno de ellos. Pero en la gran batalla final, acabó presentándose mi oportunidad.

Logré escapar. Dios sabe cómo. Quería regresar a mi última patria, con los Uarao. Deseaba yacer al lado de mi segunda esposa. Subí a un simple bote y me hice a la mar. Solo. Gracias a mis conocimientos marinos, aprovechando todas las corrientes y los vientos más favorables, atravesé el cinturón coralino y los escollos que protegían aquellas islas y logré llegar a mar abierto. Nadie me siguió. Debían estar todos muertos tras la gran batalla final. Desde ese instante también supe que mi odisea terminaría con mi fatal adiós de este mundo, falto de provisiones, alejado de todas las rutas conocidas. Pero no me sentí triste por ello. Mi vida estaba, como siempre, en manos de Dios.

Y se haría según su voluntad.

Debí perder el conocimiento siete u ocho días después, famélico y sediento.

Cuando lo recuperé, abrasado por el sol aunque todavía vivo, me hallaba en el camarote de un barco que resultó ser *La pérfida*.

Uno de los barcos piratas más crueles y temidos de las islas del Pacífico Sur, como ya sabéis.

Me habían salvado la vida por un solo motivo: conocer la verdad acerca de si yo era rico o pobre, poderoso o débil, rescatable o no. Fue el instante en que decidí rendirme y no luchar más. Estaba agotado. El pasado me pesaba como una losa, las muertes de mis dos amadas, tantas aventuras y visicitudes acontecidas en aquellos años. Así que les dije:

—No soy rico, ni poderoso, ni rescatable.

—Has firmado tu sentencia —me escupió el capitán de *La pérfida*.

Inmediatamente después de eso y pese a que apenas me tenía en pie, me condujeron a cubierta y colocaron una tabla sobre el costado de estribor del buque. Siguiendo la vieja tradición pirata, querían que caminase por la tabla hasta el final y que después saltase a las aguas infestadas de tiburones.

Por fin pensé que mi muerte, y en parte, mi liberación, se hallaban cerca.

De nuevo me equivoqué.

Caminaba ya por la tabla, o mejor dicho, me arrastraba por ella, entre el griterío de los piratas, cuando se escuchó una voz por encima de las demás:

—¡Deteneos! —exclamó—. ¡Yo conozco

a ese hombre! ¡Es un poderoso médico con mil nombres!

Uno de aquellos piratas había estado con una goleta en Uarao. Me había visto sanar a una mujer, y conocía mis logros en ingeniería, aprovechamiento de recursos y otras materias. Rápidamente, el capitán Hubertus van Raagenstaad hizo que me rescataran de la tabla y me condujeran a su presencia. Soy hombre de Dios, así que no hice más que responder con la verdad a sus preguntas. Sí, era quien decían que era.

Y también, aunque eso no se lo dije, el Viajero de las Estrellas.

Amén de otros muchos nombres.

Mi vida se salvó por enésima vez. El capitán, el sangriento carnicero de los mares que era aquel diablo, me tomó a su servicio como médico. No era exactamente un pirata. No participé jamás en ningún abordaje ni ataque en el mar o en tierra firme. Ni me dejaban, pues era muy valioso para ellos, ni yo hubiera llegado a ese extremo, cansado como estaba de guerras. Mi mano ya no volvió a empuñar una espada. Pero sané a los heridos en las batallas y reconozco que ofrecí mis ideas y mi formación, casi sin darme cuenta, a aquellos desalmados por el simple hecho de estar allí y ocuparme en algo. En poco tiempo el capitán Hubertus me hizo su segundo, su consejero y jefe táctico. Al cabo de un año, lo único que deseaba era sentir el viento en el rostro cada día y el calor del sol en mi piel. La vida era un extraño regalo. Un regalo que me pesaba más y más.

Y cuando le pedía a Dios la muerte, Dios no me oía.

¿Os preguntaréis, puesto que afirmo haber deseado la muerte, por qué ahora lucho por la vida con el relato de mi historia?

La respuesta es simple: no quiero morir como un pirata, sino como un hombre.

Pongo a mi existencia por testigo de mi honradez.

Es todo cuanto tengo.

Es todo lo que podré ofrecer al Buen Creador cuando me enfrente a él en su Juicio Final.

No quiero dejar atrás una memoria incierta, ni el baldón y el oprobio que condenen mi nombre y el de mis padres a la vergüenza.

Ahora...

Mi relato, toca pues a su fin.

Los navíos de Su Majestad, hartos de los delitos de *La pérfida*, nos cercaron el día de nuestro hundimiento. El capitán se resistió bravamente, todo hay que decirlo, pero las sucesivas andanadas de los barcos de guerra de la flota española anclada en las Filipinas nos diezmaron progresivamente. El palo mayor, las velas, las bodegas... los proyectiles caían sobre nosotros como una lluvia incesante. Para cuando uno, por azar, estalló en la Santa

Barbara, todo fue irremisible. El buque entero estalló como una granada.

Volé por el aire. Es cuanto recuerdo. Y caí al agua. Es cuanto puedo decir. De no haber sido porque hallé una madera muy cerca, en la que me sujeté por simple instinto, me habría ahogado. No mucho después fui rescatado por unos marineros que buscaban supervivientes y encerrado junto a mis dos compañeros de infortunio, Unojo y Dosdedos.

El resto, ya lo conocéis.

Esta es pues mi historia, sin faltar más que los detalles menores que la harían interminable. Este es el relato de mis complejas aventuras. Este ha sido el devenir de mis días desde que escapé de casa hace ya muchos años. Sé de su singularidad. Sé de su asombrosa e increíble naturaleza. Sé de su perfil extraordinario.

Mas decidme: ¿alguien podría inventar tal cantidad de absurdos?

¿No creéis, lectores anónimos, que presto a salvar mi vida, no me habría sido más sencillo inventar hechos mucho más razonables y próximos a la comprensión humana?

¿Es licencia de un condenado a muerte, burlarse de quienes van a cantar por su fin?

Juro por Dios Todopoderoso, por mi alma inmortal, por todos aquellos a los que he amado y me han amado —y a los que he de reencontrar en el Más Allá, y siendo así, no puedo traicionar con una mentira—, que cuanto he dicho es la verdad, toda la verdad, y nada más que la verdad.

Lo juro.

Dios guíe la mano de mis jueces, de mis verdugos, de mis enemigos, de mis amigos, ahora, en el futuro y siempre.

No me importa morir. Ni me importa vivir.

Pero cuanto tengo es mi verdad, mi dignidad, mi honor.

Y a ellos y a mi Dios me debo.

Escena Décimo Segunda

Así fue como don Pedro del Páramo y Pastor, honorable juez de Su Majestad, se dispuso a concluir la lectura del relato de don Diego de Serrahima Valor y Cifuentes.

La puerta de la estancia se abrió quedamente y por el hueco apareció la cabeza del ujier. Apenas si hubo un ruido, un roce, pero don Pedro del Páramo y Pastor se puso presto en pie, de un salto.

—¿Lo traéis ya? —quiso saber.

—Aún no, excelencia —le informó el ujier.

—¡El sol casi se ha puesto!

—He visto su mano correr rauda por encima del papel. No creo que la tardanza se prolongue mucho más.

—¿Y si no concluyera el redactado de su historia?

—Pidió tres días.

—¿Y si en el fondo no fuese más que una burda excusa?

—Es la vida de un hombre lo que está en juego. Su vida.

—¿Y si...?

El honorable juez apretó los puños con violencia y dejó de hablar. Su rostro era como la grana. Jamás, en su larga vida al servicio de la ley y de la Corona, había sentido tanta curiosidad por algo.

Y además, por algo tan absurdo.

Hombres que vivían bajo las aguas, espacios abiertos en las profundidades, naves capaces de surcar el cielo, y más aun, capaces de volar más allá de la Tierra, por el universo infinito...

¿Qué prodigiosa imaginación era capaz de tanto?

De no haber sido porque como hombre culto, leía y devoraba cuantos más libros caían en su poder...

—Si necesita el cabo de una vela...

—He dicho al carcelero que se la proporcione al punto.

—Mañana debo dictar sentencia.

—Así es, excelencia.

—¡Oh desazón! —don Pedro del Páramo y Pastor se abrió de brazos y alzó el rostro al cielo—. ¡Qué tan preclara ha de ser la mente de un juez enfrentado en el fiel de la balanza justiciera con la verdad y la mentira!

—¿Si lo que cuenta no es verdadero...?

—Lo colgaré más por su fantasía que por pirata.

—¿Y si su escrito es cierto?

—Deberé colgarle por piedad.

—¿Por piedad, mi señor?

—¿Quién podría vivir con la carga de un pasado tan asombroso?

—Entonces... ¿vuestro deber es más que la simple aplicación de la justicia?

—Mi deber es preservar muchas otras cosas, amigo mío. Entre ellas... al hombre del hombre. Si esto se conociera...

Señaló lo escrito por el cautivo las dos primeras jornadas.

—¿Lo destruiréis? —se alarmó el ujier.

—No, pero lo ocultaré para que ni en cien años pueda ser leído. Después...

—¿Le teméis al miedo?

—Le temo a la ignorancia.

—Yo temo más a la estupidez humana.

—La estupidez humana es producto de su ignorancia, recordadlo.

El ujier cubrió la figura de su imponente superior con una grata mirada de respeto.

—Excelencia...

—¿Sí?

—Me siento honrado de estar a vuestro servicio.

—Y yo de que me sirváis con tan buena disposición.

—Regresaré a la celda.

—Id presto, os lo ruego.

El ujier abandonó la estancia.

Y don Pedro del Páramo y Pastor aguardó con impaciencia su regreso, la llegada de la tercera y última parte del alegato de aquel preso tan singular, al que ya nunca podría olvidar.

¿Loco, demonio, burlón, visionario, honesto?

Quería indultarle.

Le pedía a Dios un motivo para indultarle.

Esperar.

Confiar.

Tal vez el redactado de aquella memoria final...

Escena Décimo Tercera
Así fue como don Pedro del Páramo y Pastor, honorable juez de Su Majestad, pasó la noche previa a la gran decisión de liberar o condenar a don Diego de Serrahima Valor y Cifuentes.

Las palabras finales del prisionero.

"¿Alguien podría inventar tal cantidad de absurdos?"

"¿No creéis que, presto a salvar mi vida, no me habría sido más sencillo inventar hechos mucho más razonables y próximos a la comprensión humana?"

"¿Es licencia de un condenado a muerte burlarse de quienes van a cantar por su fin?"

Don Pedro del Páramo y Pastor se levantó de la cama.

No podía conciliar el sueño.

Imposible.

Había leído una segunda, y una tercera vez, la totalidad de la historia de don Diego de Serrahima Valor y Cifuentes, si es que ese era su nombre.

¿Pirata o gentilhombre?

¿Fértil bufón cargado de imaginación o burdo zascandileador capaz de engatusar al más alto prohombre?

¿Loco, demonio, burlón, visionario, honesto?

Y sin embargo, aquel relato era singular.

Hermoso.

Tan cargado de sensaciones y emociones que su realidad se abría paso más allá de lo exigible por su fantasía.

—¡Oh, Dios!

Pero lo que más firmemente había golpeado su razón era el apartado final.

"Juro por Dios Todopoderoso, por mi alma inmortal, por todos aquellos a los que he amado y me han amado —y a los que he de reencontrar en el Más Allá, y siendo así, no puedo traicionar con una mentira—, que cuanto he dicho es la verdad, toda la verdad, y nada más que la verdad".

"Lo juro".

"Dios guíe la mano de mis jueces, de mis verdugos, de mis enemigos, de mis amigos, ahora, en el futuro y siempre".

"No me importa morir. Ni me importa vivir".

"Pero cuanto tengo es mi verdad, mi dignidad, mi honor".

"Y a ellos y a mi Dios me debo".

Aquel hombre... buscaba la paz.

La muerte, quizás.

Porque la vida ya le había dado cuanto podía darle de sí.

Tal vez lo de menos fuese la verdad de su historia.

Tal vez.

Don Pedro del Páramo y Pastor, honorable juez de la Corona en la ciudadela de Luzón, en el archipiélago de las Filipinas, caminó en dirección a la puerta de su aposento y la entreabrió unos centímetros. Casi al momento se arrepintió de lo que iba a hacer.

Regresó adentro, recogió su bata de seda, se la puso y anudó con un cordón, y bajo su protección y amparo sí salió fuera en esta oportunidad.

Atravesó los muros del palacio de la Suprema Corte, cruzó estancias y pasillos. De tanto en tanto, un guardia le daba el alto, y al reconocerle callaba sorprendido, preguntándose qué clase de aventura estaba dispuesto a correr el magistrado real. Ya en el patio de armas, se dirigió a la puerta de las mazmorras. Se apoderó de una antorcha antes de descender hacia las profundidades de aquel mundo cargado con el horror del pecado y la culpa. Rechazó la compañía de otros guardias. En solitario, alcanzó el último pasadizo y la puerta final de su destino. El carcelero dormía en un jergón a pocos pasos.

No le despertó.

Don Pedro atisbó por el hueco enrejado de la puerta, apenas abierto lo razonable en la madera para que desde el exterior se viera cuanto acontecía en el interior.

Don Diego dormía en su propio jergón.

Tan tranquilo como un niño.

Y tan apaciblemente como sólo duermen aquellos que están limpios de corazón.

El honorable juez respiró profundamente.

"No me importa morir. Ni me importa vivir".

"Pero cuanto tengo es mi verdad, mi dignidad, mi honor".

"Y a ellos y a mi Dios me debo".

Así fue como supo el veredicto final que debía dictar por la mañana.

Y sabiéndolo, y comprendiéndolo, y aceptándolo, regresó a su propia habitación dispuesto a conciliar el sueño tan tranquila y apaciblemente como tranquilo y apacible era el de don Diego de Serrahima Valor y Cifuentes.

Escena Décimo Cuarta

Así fue como don Pedro del Páramo y Pastor, honorable juez de Su Majestad, dictó la sentencia de don Diego de Serrahima Valor y Cifuentes, y concluyó el celebrado juicio.

La expectación en la sala era diez, cien veces mayor que la del primer día. El público, formado por una abigarrada masa de expertos, curiosos y otras variedades de la flora y fauna humana, se apretaba en los bancos, y al fondo, y en el anfiteatro del primer piso. El silencio no necesitaba ser solicitado. Flotaba como un manto por encima de sus cabezas. Nadie se avenía siquiera a respirar.

Todos esperaban.

Don Pedro del Páramo y Pastor miró a los tres reos; zafios, sucios y brutalmente rendidos los dos primeros; impregnado de su comedida elegancia y donaire el tercero, cuyos ojos se anclaban en el vacío de ninguna parte, pues en mirando al frente, no hallaban punto de apoyo próximo o lejano, sino más en el profundo interior de su alma.

La hora decisiva.

El momento de la verdad.

El honorable juez no quiso prolongar por más tiempo la angustia.

—Este Tribunal reitera la condena formulada hace unos días contra los acusados Peter van Hoek y Ruud Hemerich, conocidos en el mundo de la piratería, según sus palabras, por los singulares apodos de Unojo y Dosdedos. Su sentencia será llevada a efecto mañana al amanecer.

Se produjo un pequeño rumor.

Unojo escupió al suelo.

Dosdedos se limitó a sonreír.

—Llévense a los acusados —ordenó el juez.

El ujier se puso en movimiento. Cuatro soldados se dispusieron a escoltar a los reos de muerte. Cuando el grupo estaba a punto de trasponer las puertas de la sala, se escucharon dos gritos, dos feroces pullas, una de cada uno.

—¡Os veré en el infierno!

—¡Aseguráos de que muera bien muerto, o apareceré en vuestros sueños!

Todos los presentes sin faltar uno se santiguaron.

Una vez hecho el silencio y la calma, las miradas de los presentes convergieron en el tercer prisionero, el cautivo que, válgase la redundancia, había cautivado a cuantos le habían visto el primer día o conocían lo sucedido en aquella vista.

Don Pedro del Páramo y Pastor tomó aire en sus pulmones.

—¿Acusado?

Don Diego de Serrahima Valor y Cifuentes volvió los ojos hacia él.

—¿Señoría?

—Quiero demandaros una sola respuesta a una simple pregunta. No quiero decir que de ella dependa vuestra vida, pues mi veredicto está tomado. Pero necesito oír de vuestros labios una palabra, y miraros a la cara mientras la formuláis.

—Como deseéis, señor.

No medió ya espera alguna.

—¿Es vuestra historia, la cual sólo yo conozco, el producto del engaño, la mentira, la fantasía de vuestra imaginación, la burla o el menoscabo a la autoridad de este Tribunal?

—Cuanto he escrito, y cuanto vos habéis leído en estos tres días, es tan cierto como que el sol y la luna reinan en la luz y en la oscuridad, señoría. Y que el infierno me lleve si miento, pues lo juro, aquí y ahora, sobre la Sagrada Biblia bajo la cual todos somos hijos de Dios.

Don Pedro no movió un sólo músculo de su rostro.

—¿Queréis pedir clemencia antes de escuchar mi sentencia?

—No, señoría, pues la clemencia debe solicitarla tan sólo el culpable y yo no lo soy, aunque es virtud de quien puede ofrecerla abrigar con ella su generosidad. Pero aceptaré vuestra voluntad, sea cual sea y con mis bendiciones, habida cuenta de que mi única meta ya no es más que la paz de mi espíritu.

Le había dado una oportunidad final de salvarse.

Con sus palabras, lo que imaginaba don Pedro no hacía sino tomar definitiva forma.

Paz.

Era cuanto pedía y necesitaba el acusado.

Transcurrieron tres segundos.

—Don Diego de Serrahima Valor y Cifuentes —se escuchó la voz grave y profunda del honorable juez al cabo—, o sois el más grande mentiroso de la Tierra, o sois el más notable fabulador de historias conocido o por conocer, o sois un hábil charlatán capaz de conmover a propios y extraños, o sois, en suma, lo que decís ser, y haber vivido lo que decís haber vivido —hubo una pausa breve—. Reconozco mis limitaciones como hombre y como magistrado. Os engañaría si dijera que creo lo que me habéis contado. Pero también os engañaría si dijera que estoy seguro de que no son más que fantasías. Como humanos, somos breves, limitados, y nadie más que el Señor sabe lo que hubo en el pasado y lo que habrá en el futuro. Sin embargo, aquí y ahora, mi cometido es velar por la justicia, hacer prevalecer la ley, y dictar las sentencias que considero adecuadas a cada caso según las pruebas reales aportadas. Vos fuisteis hallado en un barco pirata y no erais prisionero de él. Por lo tanto, formabais parte de él.

Sobrevino un murmullo de expectación. Media sala pareció lamentar lo inevitable. La otra media pareció aplaudirlo.

No hizo falta solicitar silencio.

—Don Diego de Serrahima Valor y Cifuentes, yo os condeno a la pena de muerte, fijada para mañana al amanecer...

El murmullo aumentó.

—¡Silencio! —ordenó su señoría.

El reo sonreía levemente.

—Sin embargo —continuó don Pedro—, visto vuestro brillante alegato, y en honor a la duda suscitada tras su sorprendente lectura, consideraría injusto, vejatorio y humillante, que fuerais colgado junto a los dos piratas que acaban de salir de esta sala. Es, pues, mi decisión que seáis fusilado con honores, que una vez cumplida la sentencia sean disparadas veintiún salvas en vuestro honor, y que posteriormente seáis enterrado en tierra sagrada. Proclamo en igual medida, que la historia que escribisteis en los pasados tres días, pase a poder del archivo de San Dimas, donde permanercerá sellada por espacio de cien años, hasta que las futuras generaciones puedan acercarse a su contenido sin menoscabo de su predisposición en su favor o en su contra. Vuestro nombre, como habéis querido, será recordado. Y tal vez entonces se sepa

si fuisteis un loco burlón, un genio de la literatura, un visionario del más allá o un mero pirata ilustrado que nos engañó a todos. El futuro deberá daros acomodo donde merezcáis. ¡Que Dios me perdone si yerro, y tenga piedad de vuestra alma!

Fue entonces, al concluir las palabras del honorable juez, cuando todos los presentes vieron cómo la sonrisa del condenado a muerte se hacía más y más expansiva.

Libre.

Pero sólo don Pedro del Páramo y Pastor comprendió el sentido de esa sonrisa, y supo que la paz que pedía estaba a punto de llegar.

Escena Décimo Quinta y Última

En la que se da por concluida la sorprendente historia de don Diego de Serrahima Valor y Cifuentes, y se exponen los puntos finales de la misma para su posterior valoración futura.

Diego de Serrahima Valor y Cifuentes fue fusilado por la guardia de Su Majestad en la Ciudadela de Luzón, Islas Filipinas, el día vigésimo quinto del séptimo mes del Año de Gracia de 1700.

Sólo una de las doce balas disparadas por el pelotón de fusilamiento, le alcanzó el corazón y le dio muerte al instante. Las restantes no hallaron blanco.

Fueron disparadas veintiún salvas de honor al aire como había ordenado el magistrado de la Corona don Pedro del Páramo y Pastor, que en ese mismo instante rezaba en San Dimas tras entregar a los monjes el manuscrito sellado escrito por el reo en los tres días del juicio.

Aquel mismo día, el cadáver fue enterrado en una sencilla tumba, bajo una cruz y una lápida en la que tan sólo se inscribieron su nombre y día de su muerte.

Esta es la historia.

Así se recuerda.

Y así la he escrito yo.

El primero que, cien años después, ha tenido acceso al viejo manuscrito.

Aunque debo volver a guardarlo, y sellarlo, para que dentro de cien años, y de cien más después, y de otros cien si hiciera falta, se siga conociendo la historia mientras se busca la verdad.

Dei gratia.

Jeorgus de Sierra Vilá i Fabra Muntané Escribano. Año del Señor de 1800.

Corolario

Esta historia sucedió en realidad, aunque ignoro si fue así o de otra forma.

Yo la saqué de una entrevista a un escritor. El párrafo en cuestión, decía así:

—¿Cuál es la mejor historia que jamás le han contado?

—Una de piratas que me explicaron en Filipinas. Un tipo al que ajusticiaron en el año 1700. Él navegaba en un barco holandés y fue capturado por los españoles. Antes de morir le concedieron el último deseo, pidió papel y pasó las tres últimas noches escribiendo. Y la historia que hizo

era tan asombrosa, tan sentida, que sus verdugos lo mataron, pero le rindieron grandes honores. Los otros simplemente fueron arrojados a los tiburones. ¿Qué escribió ese tipo? No lo sé.

Tal vez lo que escribió se parece a mi propia historia.

Tal vez fue aun más fantástico.

Tal vez sólo fue un poema de amor.

Tal vez.

Siempre hay personas capaces de contar algo que nos cambia la vida a los demás.

Jordi Sierra i Fabra
Escritor. Despuntando el siglo XXI.